BAJO LA SOMBRA DE LA M

ESTÍBALIZ DELGADO AMAYA

ISBN: 978-0-9991993-0-5
Primera edición.
Diseño de cubierta e interiores: José Ángel Cantú Guzmán.
Número de control en la Librería del Congreso: 2017951638.
www.estibalizdelgado.com

Publicado por:
Pink Crickets, LLC
San Antonio, Texas.

Para mi nena y mis tres niños futbolistas,
mi tesoro más valioso.

Para mis padres,
por haberme guiado durante toda mi vida.

Para mis hermanas y mis amigas,
por estar siempre presentes.

Por cada mujer que lucha por salir adelante.

Por cada persona que quiera ver en este libro
un México diferente.

CAPÍTULO 1

ESTÍBALIZ

Julio, 2017.
San Pedro Garza García, Nuevo León, México. Una ciudad en el norte del país, a dos horas de distancia vía terrestre con la frontera de los Estados Unidos de América. De acuerdo con varias fuentes, San Pedro es el municipio con el mayor ingreso per cápita en Latinoamérica. Una metrópoli llena de industria, cultura y diversión. De acuerdo con los habitantes de este municipio, es la mejor ciudad para vivir en el tercer mundo.

Los choques de los cristales se escuchaban en el ambiente. Los olores a comida sazonada con especias daban un aroma único al lugar. Se veían unos estantes de cervezas artesanales que separaban algunas secciones del restaurante, los cuales hacían pensar a los comensales que el espacio entre las mesas estaba dividido. El restaurante tenía un techo de doble altura y los muebles están forrados en colores caoba que hacen que el lugar se sienta acogedor. A lo lejos se veía el fuego que salía de la cocina, los chefs estaban preparando unos cortes de carne premium, los cuales son la especialidad del restaurante. Se podía oler el ajo que expedían los cortes condimentados, y también el olor a romero que inundaba el aire dando un toque inigualable al lugar.

La ciudad de San Pedro Garza García se encuentra dentro de la zona metropolitana de Monterrey, Nuevo León en México; y es conocida por ser el lugar donde más se consume carne en el país. La carne de res representa parte de la cultura de la ciudad. El sazón y la forma de asar la carne denota el sello distintivo de cada uno de los restaurantes.

En una mesa, una mujer rubia tenía en la mano una margarita de mango adornada con cerezas. Sentía que era una extensión de lo que representaba. Sonreía mostrando lo rojo de sus labios abultados, meneando la copa de un lado al otro. Los señores que estaban sentados en su mesa seguían a la copa como si fuera un péndulo. *Mucho show para tan poco tequila, linda,* pensé. La señora *Margarita de Mango* tomó al mesero por el brazo para llamar su atención; lo quería atraer hacia ella y a su amplio escote, para solicitarle su siguiente bebida. El mesero sonrió tratando de ser cortés pero se veía que le incomodaba la cercanía con la rubia. Los señores que estaban sentados en la mesa sonreían con todo lo que ella hacía, viéndola con asombro, como si nunca hubieran visto un mango. Un mango bastante maduro a punto de caer de la Mangifera, árbol que puede alcanzar más de treinta metros de altura. Era probable que la rubia necesitara moderar *ese ir y venir* para evitar que la gravedad y el tiempo le dieran un descalabro.

En la mesa del fondo estaba Denisse Elizondo, mi vecina, la cual tenía una cara de dolor enmarcada en ese cabello lacio y oscuro. Estaba tomando de un vaso tequilero, sentada con dos amigas. Hacía lo posible por sonreír, pero en cada intento su sonrisa se desvanecía como si la gravedad del planeta estuviera colgada de sus labios. Tenía unas ojeras pronunciadas, su voz era fuerte, como la de una guerrera de películas; una guerrera que parecía necesitar con urgencia ese tequila. Llegó a su mesa un caballito de sangrita preparada, pero lo ignoró, se tomó el tequila completo sin hacer expresión alguna en la cara. Pensé que sería buena idea levantarme de mi mesa para saludarla, pero se veía que estaba inmersa en una cita amorosa con esas banderitas de tequila. Las dos amigas que estaban sentadas en su mesa se le quedaron viendo con asombro cuando pidió un segundo vaso tequilero. Me costaba trabajo pensar en Denisse ingiriendo alcohol de esa manera, a decir verdad, nunca la había visto tomando alcohol. Me agrada esa mujer, tan pendiente de su hijo y de su esposo todo el tiempo.

"¡Decrétalo!", gritó una mujer que tenía mucha grasa corporal en las caderas. Estaba sentada a un lado de nuestra mesa con dos mujeres que parecían sus damas de compañía. Le celebraban todo lo que decía. La mujer de caderas amplias estaba tomando vino blanco, uno muy costoso y le pidió al mesero que le trajera una botella adicional para seguir festejando. Traía el cabello peinado como si recientemente hubiera salido del salón de belleza. Ojalá yo tuviera tiempo para ir al salón de belleza para arreglármelo de esa manera. Recuerdo haber visto en algún lado el vestido que trae puesto: estaba en un catálogo de una revista de un diseñador italiano que me mandaron hace una semana. Algo imposible de comprar si tengo que pagar las colegiaturas de la escuela de los niños. Aun con ese vestido fino, algo se veía descuadrado en ella, era diferente al tipo de mujeres que estaban sentadas en el restaurante.

En lo que se refiere a mí, amaba juntarme con mis dos amigas, en especial en este lugar. La comida es sensacional y aunque cada que venimos revisamos el menú con detenimiento, siempre terminamos pidiendo los mismos platillos. He estado bebiendo más vino rosado, a pesar de que he sido fan del vino tinto por muchos años. Evito las bebidas con nombres exóticos, épicos o de leyendas urbanas que detallan sabores y colores intensos. El vino rosado libera en mí una sensación sin igual, el color rosa de moderación, y lo solicito como bebida siempre que me reúno a comer con ellas. Un vino que sabe a dulce y modera mis opiniones bélicas.

"¿Cómo pueden competir nuestros hijos con algo así?", Joanna dejó la copa en la mesa mientras preparaba su discurso sólido y convincente. Tanto el color rojo el vino tinto, el labial y las suelas de los tacones mostraban su grado de intensidad. "Mi hijo entrena fútbol soccer dos horas a la semana. Los niños del colegio católico verde entrenan ocho horas y juegan un partido a la semana. ¡La diferencia es enorme!", nos dijo. Ocho horas multiplicadas por cincuenta y cuatro semanas daban como resultado un abismo de diferencia. ¿Una paloma alzando el vuelo alcanzaría una altura similar a la de un cohete que va a la luna? Después de terminar su argumento sobre las injusticias que vive el mundo, volteó a verme y sentí que el maestro de la orquesta me hacía una señal para que yo empezara mi actuación con el violín. Contesté de inmediato: "Estoy de acuerdo con Joanna", dándole un sorbo a mi vino dulce rosado. La maestra de la orquesta volteó a ver a Tanya como si palabras más justas nunca hubieran sido pronunciadas, abriendo los brazos para saber si Tanya se atrevía a decir algo en contra.

Joanna Fernández es el tipo de amiga que todos queremos

tener: comprensiva, sabia en sus decisiones y con un fuerte empuje. Sería la entrenadora personal que toda clienta pediría en un gimnasio; te gritaría suficientes cosas dolientes para que terminaras de hacer las doscientas abdominales y la hora completa corriendo en la caminadora, para poder bajar diez kilos de peso en un par de meses. Tiene el carácter para conseguirlo. Pero su atención estaba muy lejos de los gimnasios; estaba centrada en cuidar a sus hijos y su esposo todo el tiempo.

Tanya sonrió y tomó un sorbo de su coca de dieta. Era el tipo de amiga que escuchaba pacientemente las conversaciones y siempre tenía una sonrisa en la cara. Era un regulador que servía para neutralizar los picos de energía, y evitar que descompusiera la máquina de amistad que venía funcionado por años. Joanna y yo volteábamos a verla cada que pronunciábamos un argumento controversial: si Tanya seguía sonriendo era señal que podíamos seguir por el mismo camino. Si empezaba a voltear a otras mesas, era señal que teníamos que cambiar de tema. En ese momento Tanya empezó a voltear a ver a otras mesas. "Hay gente peligrosa en esta ciudad", nos dijo. "Tan solo hoy me topé con una psicópata que me trató de chocar el carro; tuve que hablarle a Carlos para que mandara un chofer que manejara mi camioneta y yo poder venir a comer con ustedes. Es difícil andar en la calle con toda esa gente. La inseguridad está peor que nunca", dijo Tanya.

Mi amiga Tanya Villarreal Smith siempre ha sido una mujer precavida: mitad americana, mitad mexicana. Habla un español perfecto y goza vivir su vida dentro de esta sociedad. Se preocupa por su seguridad tanto como se preocupa por ser una buena madre de familia. Joanna y yo le preguntamos más detalles sobre lo sucedido y nos dijo que estaba pasando por un momento muy difícil. Carlos y ella buscaron ayuda para resolver sus problemas. "¿Estás tomando terapia matrimonial?", le preguntó Joanna en voz alta mostrando sorpresa. Tanya le pidió que bajara la voz, volteó a ver a su alrededor y nos dijo casi en secreto: "Digamos que Carlos piensa que me comporto como si fuera otra persona; pero cuando las personas tienen miedo, reaccionan diferente a lo que son". Joanna y yo nos quedamos viendo y Tanya nos dijo: "El miedo cambia el ADN de las personas, Carlos teme que me haya convertido en otra mujer, una diferente a la que se casó con él". Joanna y yo nos reímos, pero Tanya se mantuvo en silencio. En automático preparé un argumento para contrarrestar mi burla, y le dije tratando de parecer empática: "Todos tenemos derecho a sentirnos seguros". Tanya volteó a verme, tomó un sorbo de su coca de dieta y me dijo que estaba de acuerdo conmigo. ¿Qué hubiera pasado si ella le hubiera solicitado al mesero un vino tinto en lugar de esa coca de dieta? Mejor aún, ¿qué hubiera pasado si hubiera pedido un Bloody Mary? Aún con la bebida ligera, Tanya hablaba como si algo le doliera, parecía que solo necesitaba activar un detonador para salir de esa pose equilibrada y tolerante.

El mesero nos dejó en la mesa un plato con coliflor asada y un aderezo para ponérselo encima. Nos preguntó si deseábamos que él nos cortara la coliflor y le pedimos que sí lo hiciera. Ese olor a cítricos hizo que mi estómago respondiera gritando que necesitaba comida. Lo majestuoso del platillo tenía que ver con el olor a especias y la grasa que le untaban para asarla.

Después de cortar la coliflor, el mesero nos sirvió la ensalada que amo en este lugar. Estoy convencida que el éxito de una buena ensalada está en función de servir en ella el aguacate con abandono. En pedazos y como parte del aderezo, con esa textura suave pero a la vez carnosa y exótica. Aguacate mexicano de alta calidad que agudiza ese sabor a pertenencia.

"Te veo rara Estíbaliz, ¿algo que nos quieras decir?", me preguntó Joanna cuando el mesero se retiró de la mesa. Le di un sorbo al vino rosado, el cual me otorgó unos segundos para responderle: "Mi trabajo se ha intensificado. La semana pasada fui al velorio del hijo de una amiga mía, todavía estoy en proceso de recuperación. Me está costando procesar el dolor. Ayer tuvimos una cena Alberto y yo, y al ir de regreso a la casa, presenciamos un accidente automovilístico y me bajé para intervenir. Debí haberme mantenido dentro del carro. Alberto se enojó y me regañó como si fuera una niña irresponsable".

"Uo Uo Uo, espera un minuto", dijo Joanna. "¿Le puedes traer un caballito de tequila a la señora, por favor?", le dijo al mesero que iba pasando. Sonreí y le dije que estaba bien tomando el vino rosado: el tequila podía agudizar mis emociones en ese momento.

Tanya me preguntó si Alberto y yo estábamos bien; yo le respondí que eventualmente lo estaríamos. Ambas me tomaron del brazo y me pidieron que les contara por lo que habíamos pasado, pero había sido un proceso desgastante; ya tenía suficiente realidad acerca de eso. Quise seguir con la misma línea de la plática, pero desviando un poco el tema de Alberto. En su lugar, les dije: "Creo que tengo la obligación de hablar con una señora acerca del comportamiento de su hija". Joanna me preguntó si alguna niña estaba molestando a mi hija Christina, y yo le dije que no. Era difícil expresarle la situación por la que estaba pasando. Ella me contestó: "Si algo que he aprendido en todos estos años, es que hay gente que se cree perfecta. Cuando esas personas se equivocan, piensan que nadie se da cuenta del error y siguen nadando en su mar de perfección. Espero que a la mamá de esa niña le interese lo que le tienes que decir. Como regla general te recomiendo que mejor te lo guardes. Como si fuera un rebozo, le das vuelta para apretarlo y lo mantienes cerca de tu pecho sin mostrarlo", me dijo mostrándome la forma de apretar el rebozo. Yo volteé y me le quedé viendo con asombro: "Si yo fuera ella, hubiera querido que me dijeran lo que está pasando con mi hija", le dije en tono de reclamo. Ella me respondió: "¿Y si ella no es como tú?", subiendo la ceja.

Volteé a ver a Tanya, cerró la boca, la movió hacia un lado con una mueca y me dijo: "Estoy de acuerdo con Joanna".

¡Increíble! Dos mamás conocidas por estar tan pendientes de sus hijos, recomendándome que guardara silencio cuando se trataba de decirle a otra mamá lo que estaba pasando con su propia hija.

Hice mi cuerpo hacia atrás del asiento, sentí cómo el respaldo me daba el apoyo que necesitaba en ese momento, vi como el mesero nos trajo el betabel asado y lo puso en medio de la mesa. Habíamos solicitado unas entradas vegetarianas para poder comer *Rib eye al piquín,* que nos iban a servir como plato principal. El betabel se veía jugoso, rojo intenso, creí que necesitaba probarlo ahora más que nunca. Mezclé el betabel asado con el jocoque preparado y lo mastiqué dejando que mi cerebro se enfocara en la combinación de sabores que parecían mezclarse en perfección.

Sentí una explosión de texturas dentro de mi boca, y continué hasta que me acabé la porción que me había servido.

Joanna nos dijo que era miembro de una campaña para recolectar fondos: necesitaban comprar cunas de cartón para las personas de bajos recursos. "¿Saben cuántos bebés mueren al año aplastados por sus padres cuando están dormidos?", nos dijo. Denisse le dijo a Joanna que había más problemas que bebés; primero deberíamos velar por nuestra propia seguridad antes de andar de hermanas de la caridad. Justo cuando le di un trago a mi bebida, sentí un ligero dolor en el pecho; me disculpé con ellas, me levanté de la mesa rumbo al baño, antes de que se enfrascaran en esa discusión.

Cuando entré me vi en el espejo, observé mi cabello oscuro y los ojos verdes rodeados de unas ojeras cada vez más intensas. He vivido con estas ojeras toda mi vida, son parte de mi genética; pero con la carga de trabajo en los últimos días, el maquillaje fue insuficiente para esconderlas. Toqué las ojeras en mi cara: se sentían inflamadas. La piel se veía más pálida que nunca, necesitaba un poco de sol y de playa. Necesitaba con urgencia unas vacaciones en la Riviera Maya para dejar que ese mar que todo lo cura, se llevara todo lo que he acumulado con tantas horas de trabajo.

Mi empleo como banquera, un esposo banquero, cuatro hijos pequeños y un gato con cara de enojado consumen mi tiempo. Yo amo los momentos que paso con ellos, y me siento agradecida con Dios por tenerlos en mi vida.

Empecé a sentir de nueva cuenta esa sensación de incomodidad en el pecho, algo estaba haciendo que me sintiera diferente, pero preferí ignorar ese sentimiento que parecía de claustrofobia. Sentí como si alguien estuviera tocando una puerta dentro de mí, gritando con fuerza para que la abriera, rogando que dejara salir a quién estaba atrapado adentro. Sentí un ligero tirón en la garganta, como si alguien estuviera jalando el badajo para que mi campana interna empezara a sonar. Tosí en dos ocasiones, y volteé a ver el espejo para asegurarme que todavía era yo la mujer que estaba frente del reflejo. Él me mostró a esa Estíbaliz Delgado, la que tiene esas ojeras desde que nació.

Regresé a la mesa con mis amigas y seguimos platicando acerca de las cunas de cartón, las horas totales que los niños deberían destinar a entrenar fútbol, la sensación jugosa de la imperfección y el hecho de que nos estábamos juntando menos veces en comparación a hace dos años. Cuando pagamos la cuenta, nos prometimos hacer un esfuerzo por vernos más seguido, como lo hacíamos cada vez que nos reuníamos para hablar de nuestras vidas.

El señor del valet parking me dio las llaves de mi carro. Yo las tomé, confiada en que sólo había ingerido una copa de vino rosado, por lo que podía manejar a mi casa sin problemas.

Me gustaba mi mundo, me gustaba ser una parte tan importante de mi familia y me gustaba convivir con mis amigas en esta hermosa ciudad. Avancé unas cuadras y sentí como algo caliente empezó a recorrer mis ojos y luego mis mejillas. Parecía que esa sensación me estaba quemando. Estacioné mi carro en una calle que tenía una amplia sombra del Cerro de Chipinque, el Cerro en forma de M que le da sombra a mi casa. Estaba a tan solo unas cuadras para llegar a mi hogar. Tosí varias veces, agarré el volante con toda mi fuerza y comencé a llorar sin control. Sentí como una parte de mí escapaba con furia a través de mis ojos. Mi pecho se inflaba y desinflaba tratando de jalar aire para poder seguir respirando en medio de una tormenta de lágrimas. El agua que tocaba mis labios era salada y sabía a dolor. Empecé a gritar con desesperación, le pegué al volante duro varias veces hasta que pude sentir que parte del daño se estaba purgando fuera de mi pecho, hasta que sentí que podía respirar de nuevo.

Para saber que estaba provocando este colapso, sólo tenía que revivir lo que había pasado en los últimos meses…

CAPÍTULO 2

ESTÍBALIZ
Un año y medio antes.

Las luces de las lámparas daban un tono cálido a la habitación del hotel en donde estábamos. En una mesa había unas orquídeas blancas sencillas y el cuarto olía a limpieza, a perfección. Alberto se estaba poniendo la corbata del traje mientras yo lo observaba sentada en la cama, lista para irnos a la cena. Estaba esforzándose por hacer con rapidez el nudo de la corbata y ponerse las mancuernillas que iba a usar el día de hoy. Las mancuernillas tenían figuras de un toro y un oso, representando el alza y la baja en el mercado de valores.

Llevo casada con Alberto González casi once años.

Pasaron por mi mente algunas escenas que viví antes de conocerlo; escenas de quiénes éramos antes de unir nuestras vidas.

Mi primer choque fue a los quince años, cuando traté de encontrar un patrón en las placas del carro que iba frente al mío. Los números de la placa crecían de tres en tres. Frené para ver si las letras también seguían un patrón, pero la señora que manejaba el carro de atrás, parecía estar desinteresada en encontrar patrones en mis placas. Recuerdo la cantidad de groserías que gritó la señora, diciéndome que necesitaba de forma urgente clases de manejo. Traté de agrupar las groserías de diez en diez, pero era tan rápida, con un lenguaje tan florido, que me costó decidir si unas palabras eran groserías o solo palabras negativas. Nunca volví a ser la misma después de ese incidente; todavía me despierto con la duda si las letras también seguían un patrón.

Estoy lejos de ser el tipo de persona que sale en la películas, ese genio que imagina números y quiebra patrones ultra secretos. Creo que soy más como la caricatura de la niña de las montañas, caminando por el pasto en el amanecer de la mano con los números; me siento en sintonía con ellos, avanzamos de la mano en sociedad.

Recordé a mis muñecas, las vestía para enfilarse frente de mi caja registradora amarilla. Todas ellas llegaban con fichas azules, amarillas y rojas. Las muñecas ponían mucha atención cuando les explicaba la diferencia del color en las fichas, y el número que se les daba a cada una. Las muñecas siempre sonreían, y estaban atentas a mis explicaciones con esos ojos grandes y la sonrisa roja. Amaba a esas muñecas con espíritu de financieras. Ahí supe cuál era mi verdadera vocación.

Cuando empecé a convivir con Alberto, supe cuál era la verdadera razón de mi vida. Tuvimos varios tropiezos, pero Alberto parecía un imán que me atraía a él con la fuerza de mil sonrisas. Me hice adicta a esa forma de sonreír, sobre todo cuando mi gesto se parecía al de mi gato persa enojado. Empecé a sonreír con solo estar a su lado.

Alberto y yo decidimos casarnos en el dos mil seis en las hermosas playas de Cancún, México, después de un año de noviazgo. Recuerdo ese día como si fuera ayer: el agua turquesa y el cielo azul mezclado con tonalidades naranjas y amarillas. Ambos gozábamos de la buena comida y comer juntos borraba todas nuestras diferencias cotidianas. Nuestro éxito profesional como banqueros empezó a subir tanto como nuestro peso. Empezamos a gastar una importante suma de dinero para comprar ropa dos tallas arriba de la que usábamos el día que nos casamos. Desde ahí hicimos el compromiso de comer con moderación. Una de las promesas que nunca cumplimos.

Tenemos cuatro hijos: Christina de ocho años, Alberto de seis, Tomás de cinco y nuestro bebé Gabriel tiene tres años de edad. La cabeza de mi esposo gira alrededor del orden y lejos de la

puntualidad; y la mía gira al contrario. Hablando de puntualidad…
"¡Vamos a llegar tarde a la fiesta, Alberto!", le dije viéndolo a los ojos. Me contestó que solo le faltaban un par de minutos. Era el cumpleaños de su amigo Ted, quien reside en Houston Texas. Ted nos avisó con cuatro meses de anticipación sobre la fiesta de cumpleaños por sus cincuenta años de edad. Nos dijo que había invitado a todos sus amigos, consejeros y socios; Alberto caía en todas esas categorías.

Vi como se puso el saco como el último paso para poder irnos, me dijo que estaba listo. Nos estaban esperando en la entrada del hotel para llevarnos a la fiesta. "¿Le hablaste a tus papás a ver si los niños se durmieron?, me preguntó asegurándose que su saco estuviera un centímetro y medio arriba de la manga de la camisa. Yo le respondí que me mandaron un mensaje diciendo que ya estaban todos dormidos. ¿Puedes subirle al aire acondicionado, por favor?, le dijo Alberto al chofer que Ted nos había enviado. Estaba sudando mucho como siempre, cada vez que tenía prisa. La prisa era la constante en su vida.

La fiesta de Ted se realizó en el jardín de su casa. Volteé a ver a Alberto con cara de molestia cuando vimos que todos los invitados estaban sentados en las mesas. Él me dijo que llegar unos minutos tarde no tendría consecuencias catastróficas. Había un saxofón amenizando la fiesta, el señor movía la cabeza como si estuviera gozando la melodía que estaba produciendo. Había por lo menos setenta invitados en la celebración.

Nos fuimos a sentar a la mesa que nos asignaron. Cuando llegamos nos dimos cuenta que ya habían servido el primer tiempo. Alberto se disculpó con los invitados, nos presentamos y las personas que estaban en nuestra mesa nos dijeron sus nombres. Eran cuatro parejas; lucían americanos con excepción de la pareja que estaba frente a nosotros.

La sopa que nos sirvieron era de elote, tenía un extraño sabor, como si le faltaran especias para tener un sabor más significativo, apenas si pude comérmela. Volteé a ver a Alberto, él ya se había acabado la sopa cuando apenas yo la había probado.

Uno de los hombres puso su cuchara en el plato para mostrar que había terminado y comentó: "Hemos estado siguiendo a la empresa por un tiempo considerable. Nos gustan los múltiplos a los que está cotizando y nos gusta el modelo de negocio". Alberto les preguntó de qué empresa estaban hablando, era su área de especialidad, por lo que era el momento perfecto para interactuar con las personas en la mesa y dejar atrás el hecho que habíamos llegado tarde. "Estamos hablando de *Creciendo juntos de la mano*", le dijo uno de los hombres, el cual le preguntó a mi esposo si conocía la empresa. Alberto contestó: "En lo personal me gusta la compañía brasileña, tiene una cartera vencida de menos del uno por ciento. Tiene una estructura bien establecida para el cobro de esos préstamos en comunidades de bajos recursos". Los hombres le pusieron atención y Alberto continuó explicando la logística de cómo prestan, cómo cobran los préstamos y el comportamiento de la acción en los últimos meses.

El sabor a elote desabrido que había dejado la sopa en mi boca me estaba incomodando. El mesero me sirvió vino tinto sin preguntarme: nada bueno salía de tomar vino tinto. Le pedí al mesero vino rosado, pero me dijo que solo tenían tinto o blanco, por lo que seguí tomando lo que había puesto en mi copa. Sentí la sensación de lo rojo del vino que empezó a arder por todo mi cuerpo, en especial en mi cabeza.

Los hombres movían la cabeza de arriba hacia abajo como si estuvieran en un concierto de hip hop de zombis; parecían estar de acuerdo en todo lo que Alberto decía. El hombre que estaba frente a nosotros, el cual se presentó como Bruno, dijo: "Creo que lo más importante de la empresa es la determinación para ayudar a las comunidades de bajos recursos en Brasil. Muchas personas pueden tener acceso a préstamos, que de otra manera nunca tendrían".

A pesar de lo alto que se escuchaba el saxofón, empecé a escuchar en mi mente la Sonata 1, de Joan Sebastián Bach en G menor. Sentía que varias de esas personas estaban a punto de empezar a llorar, por lo maravilloso de la empresa y su sentido de responsabilidad con el mundo.

Corté el violín en mi cabeza y le di un trago más al vino tinto. Tuve que opinar: "Les prestan a las señoras diez reales brasileños, y le cobran treintaicuatro reales en un período de dos años. La empresa organiza que se formen grupos de veinte mujeres. Todas firman como aval en caso de que una de las mujeres se retrase en el pago. La empresa presta a una tasa de interés arriba del cien por ciento por año, y tiene una cartera vencida de menos del uno por ciento. Las señoras de escasos recursos les piden dinero para comprar los ingredientes para cocinar, y luego venden la Manicoba u otro platillo ya preparado en sus comunidades. La empresa decidió prestarles a las mujeres, porque son las pagadoras, lo cual en mi opinión, es más por el impacto económico para sus utilidades, que para el impacto social", les sonreí.

Los hombres y mujeres se rieron y uno de ellos dijo: "Tenemos una feminista en la mesa". Yo le sonreí, dejé que se terminaran las risas y le dije: "Estoy a favor de un mundo más equilibrado. Soy pro-vida. Respeto a quien toma la decisión de terminar el embarazo, pero estoy en desacuerdo con hacerlo. Alberto y yo tenemos cuatro niños pequeños en nuestra familia, a los cuales tengo que andar persiguiendo para que coman. A mi marido le gusta que le sirva la cena y que me le quede viendo en todo momento para adivinar si necesita una tortilla caliente extra, antes de que me la pida. Digamos que más que ser feminista, soy fan de buscar que hay atrás de los telones en una obra de teatro aclamada".

Escuché más risas y Bruno contestó: "Creo que tienes un buen punto, pero gracias a esa empresa las mujeres pueden salir adelante. De otra manera no tendrían acceso a préstamos", me dijo sonriendo. Alberto me agarró la rodilla bajo la mesa, haciéndome saber que era necesario que pidiera vino blanco o le bajara a mi intensidad. "Estoy de acuerdo, Bruno; pero si le vendo a mis amigas una licuadora que cuesta diez reales y les cobro esa tasa de interés, estoy lejos de ser un ángel. En mi opinión esa empresa podría cobrarles a esas señoras la mitad de esos intereses, y aún así sería un buen negocio. Ahí podrían decir que la empresa está teniendo impacto social". La mesa reaccionó a mi comentario. Uno de los hombres se rió y nos pidió que le repitiéramos cómo nos llamábamos. "Alberto, Estíbaliz, les presento a Bruno Da Ponte, Director General de *Creciendo Juntos de la Mano*".

Alberto y yo nos quedamos perplejos mientras los demás invitados de la mesa se rieron a carcajadas. Alberto reaccionó con una voz aguda. "Mi esposa ha tenido una fiebre muy alta en los últimos días, algunas veces empieza a alucinar y a hablar sin coherencia", dijo Alberto tosiendo para poder regresar a su voz normal. Yo me reí y les dije: "Tengo un esposo impuntual. Si hubiéramos llegado a tiempo a la cena...". Bruno se reía a carcajadas. Le hablé al mesero y le dije que me trajera una limonada. "La bebida va a aligerar mis opiniones", les dije sonriéndoles a todos. El hombre de mayor edad en la mesa se me quedó viendo con una mirada hipnótica.

Las personas comenzaron a hablar de las diferencias que tenían en su matrimonio, seguramente lo hicieron para bajar lo denso de la conversación. Una encantadora mujer rubia llamada Elise Peterson dijo: "Mi hijo Mathew sigue soltero, ya cumple cincuenta años este mes. Le hemos insistido en la necesidad de formar una familia. Es un encanto de hombre, pero está negado a casarse". Otra mujer en la mesa le dijo que tenía una hija de treinta años que todavía estaba soltera, que le encantaría que pudieran cenar juntos algún día. Las personas se preguntaban cómo podía ser posible que el hijo de Elise siguiera siendo soltero. El Pez Gordo de la mesa era su esposo, Benjamín Peterson, el hombre de la mirada hipnótica. Todos trataban de llamar su atención y quedar bien con él.

La cena continuó con risas y Bruno da Ponte aprovechaba cada chiste para preguntarnos qué pensábamos. "En especial quisiera saber tu opinión, Estíbaliz", me dijo varias veces. Me disculpé y le dije que ese inicio explosivo iba a ser la base para una buena amistad entre ellos y nosotros. La esposa de Bruno nos dijo que querían visitar el Caribe Mexicano y que le encantaría vernos de nuevo. Le di de inmediato el número de mi teléfono celular para ponernos de acuerdo.

El tema político de Estados Unidos se empezó a tratar en la mesa, y Bruno, su esposa, Alberto y yo, nos quedamos callados por respeto. Parecíamos pensar diferente a los americanos que estaban sentados ahí. Hablaban con mucha pasión; parecía que estaban de acuerdo con las políticas antiinmigrantes del candidato republicano a la Presidencia.

Era cerca de la media noche y todos estábamos de pie

alrededor de nuestra mesa platicando en grupos. El Pez Gordo de la mesa y su esposa Elise se acercaron a nosotros. Benjamín era un hombre de setenta años, rubio, con ojos cafés y un acento sureño muy marcado. Nos dio su tarjeta de presentación, Alberto y yo sacamos las de nosotros y se las dimos. Se dirigió a mí con voz ronca: "Se que es muy precipitado, pero lo voy a decir de cualquier forma. Me gustaría que vinieras a unos exámenes y una entrevista en una semana, Estíbaliz. Manejo un fondo de inversión aquí en Houston y quisiera que platicaras con unas personas. El trabajo que te ofrecería no requiere cambio de residencia". Alberto y yo le agradecimos el gesto y le dije que me sentía halagada que me considerara para trabajar con él. Benjamín hizo una seña con la cabeza de aprobación y se puso a platicar con Alberto.

Elise me preguntó cómo le hacía para cuidar cuatro niños y trabajar. Yo le contesté que hacía mi mejor esfuerzo por poder hacer ambas actividades. "Oí lo que te dijo Benjamín, tanto él como mi hijo Matthew son personas extraordinarias, ya lo verás", me dijo despidiéndose de mí.

Ted llegó a nuestra mesa y nos agradeció haber asistido a la fiesta. Alberto le comentó lo que Benjamín me había dicho, y reaccionó con un movimiento de incomodidad. "Soy un hombre que mantiene las puertas abiertas ante todo, Alberto; pero Estíbaliz es diferente al tipo de personas que conforman esa empresa. Háblame en la semana y platicamos un poco más acerca de eso", le dijo. Pero Alberto estuvo muy ocupado en la semana para llamarlo.

En cuánto llegué a mi oficina en San Pedro el lunes siguiente, tomé la tarjeta que Benjamín me había dado y me puse a buscar en internet información acerca de ese hombre. Benjamín Peterson era el dueño de uno de los fondos de inversión con mayor crecimiento en Texas en los últimos años. Leí que su primogénito había muerto cuando era un bebé. Tenía un sólo hijo vivo llamado Matthew Peterson, un hombre de cincuenta años, pero había poca información acerca de él. Seguro era el hombre encantador del que habló Elise.

Levanté el teléfono y le hablé a mis amigos del inframundo financiero para investigar un poco más de esa empresa. "Aléjate de ellos", me dijeron todas las personas que los conocían. Las palabras despiadados, conservadores, racistas, encabezaron la descripción de los empleados de la empresa, pero mi cerebro procesó lo contrario: era ahí donde yo debía estar. Disfrutaba y me edificaba escuchar opiniones distintas a las mías.

Alberto estuvo de acuerdo que siguiera con el proceso. Fui a Houston a unos exámenes, me dieron unos casos que me pidieron comentar, mientras tres hombres me hacían preguntas acerca de cómo había llegado a mis conclusiones. Fue en proceso largo, vi cómo apuntaban las palabras claves que les respondía.

Fui a Houston a una segunda entrevista. Conocí a Matthew Peterson, el hijo de Benjamín, el cual me dejó impresionada con su porte; un hombre de cincuenta años, cabello castaño y ojos cafés hipnóticos. Parecía estar peleado con su propia existencia. Me hizo unas preguntas acerca de mi currículum, y tras una hora de plática, me agradeció haber viajado hasta Houston. Se despidió de mí y me dijo que tenía dos señoras salvadoreñas trabajando con él, las cuales limpiaban su departamento. Me dijo que se llamaban igual que yo. "¿Estíbaliz?", le pregunté riéndome. "Se parecen mucho entre ustedes. Apenas puedo diferenciarlas". Matthew me dijo que las tenía que llamar Estíbaliz Uno, Estíbaliz Dos, y yo sería a partir de ese momento Estíbaliz Tres. Me reí a carcajadas mientras él mantenía una pose sobria. Desde ahí supe con lo que me iba a topar. ¿Éste era el encanto de hombre, hijo de Elise? Me pude imaginar por qué seguía siendo soltero.

Las voces amigables y ocultas en el mercado financiero me dijeron que era mala idea trabajar con ellos, Matthew era sanguinario y cruel; tenía que poner un límite o se iba a convertir en una pesadilla. Pero los Peterson eran el tipo de personas que nos podían abrir puertas; supe que algún momento haría que esos comentarios se detuvieran. Ganarse el respeto de las personas activa el corrosivo más potente contra cualquier tipo de basura pegajosa, y pretendía activarlo en la primera oportunidad.

Un mes después, Benjamín me recibió en su oficina y me dijo que me habían elegido para ser parte de su Consejo. Tenía que presentarme a la junta una vez cada tres meses, donde íbamos a hablar acerca de los proyectos de inversión que estaban considerando. Me dijo que él personalmente hablaría con el dueño del banco en el que yo trabajaba en México para solicitarle su apoyo. Necesitaba ausentarme esos cuatro días al año de mi empleo. Benjamín y yo hablamos acerca de la visa de trabajo, un abogado nos dio un escenario alterno que me pareció viable para los primeros meses que estuviera con ellos. "Voy a hablar con Alberto para platicarle del proyecto, y para solicitarle su visto bueno para que puedas estar aquí", me dijo. Yo le sonreí y le agradecí el gesto; pude ver por qué lo llamaban conservador.

Cuando regresé a San Pedro, Alberto y yo brindamos por el nuevo proyecto en mi vida. Había firmado un contrato de confidencialidad por lo que tenía que mantener en privado todo lo que pasara en esa oficina. A menos que por escrito me autorizaran que podía hablar de lo que se trataba en nuestras juntas. "Estoy orgulloso de ti. ¿Ya ves que hay cosas positivas que brotan cuando llegas unos minutos tarde a alguna fiesta?", me dijo.

Yo pensé que tomar vino tinto tenía sus ventajas.

CAPÍTULO 3

ESTÍBALIZ

La nube de contaminación se veía a través de la ventana del avión cuando íbamos a aterrizar en la Ciudad de México. Bajé del avión y ya me estaba esperando un chofer en un carro. Me dirigí al corporativo de mi empresa. Decidí tomar el vuelo una hora más temprano que el regular, para alcanzar a almorzar en el restaurante que está al lado del edificio de mi empresa. Cuando llegué, le solicité al mesero unos espectaculares chilaquiles con huevo, y probé el mejor pan dulce de la ciudad, acompañado de natas de leche bronca. Era la combinación perfecta para un día lleno de actividades en la capital del país y una base sólida para empezar el día. Unté las natas arriba de esa concha de chocolate, sin importar si alguien me estaba viendo desayunar de esa manera. Cerré los ojos y gocé el sabor dulce lleno de textura; era el momento del día por el que decidí despertarme con una hora de anticipación.

Llegué a la sala de juntas donde se iba a realizar la primer junta; después de esa, le siguieron cuatro juntas más con diferentes personas. Necesitaba dormir con urgencia. Cada vez descanso menos horas y a veces siento que mi energía necesita recargarse. Cuando acabé con la última junta, abrí la agenda para buscar mi compromiso después de la comida. *Cinco de la tarde: Celebración anual de la empresa LS Cosméticos.* Javier López-Suárez y su esposa son unos amigos queridos para nosotros. Javier es amigo de la infancia de Alberto, y cada que venimos a la capital, salimos a comer o cenar con ellos. Javier es un hombre encantador, atento, y muy querido en la comunidad. Tiene una empresa de cosméticos multinivel y es reconocido por ser una de las personas más exitosas entre nuestro círculo de amistades. Su empresa cuenta con dos mil empleados, los cuales son vendedores-comisionistas en su mayoría. Dado el éxito en ventas de cosméticos, Javier empezó a distribuir otros productos a través de su fuerza de ventas. Las voces incesantes en los restaurantes de la ciudad hablaban de su éxito como *sin precedentes*.

El evento se iba a realizar en un auditorio en el centro de la Ciudad de México. Alberto también estaba invitado al evento, pero ya tenía un compromiso previo en Monterrey por lo que solo yo estaré presente en la celebración. Pensé en hablarle por teléfono a Javier para cancelarle mi asistencia; necesitaba ver a mis hijos y él entendería. Pero éste era un compromiso que yo había adquirido, un compromiso de honor.

Me metí al baño de damas, me lavé mi cara, y le puse esmero a mi maquillaje para el evento especial. El traje rojo que portaba era el mejor atuendo que tenía en mi clóset. Cuando lo vi, me enamoré de cómo me quedaba, agudizaba los adjetivos que quería que resaltaran en mi persona. Mi cabello estaba arreglado de tal forma que parecía que había puesto cuidado en peinarlo y que era importante para mí ser parte de los invitados de su celebración anual. Arreglé el collar que traía en el cuello, me lo compró Alberto en mi cumpleaños pasado, una hermosa flor digna de una marca de ropa de alta costura. Las dos cadenas del collar se entrelazaron restándole la belleza al diseño, era probable que me lo estuviera poniendo de forma equivocada.

Un chofer me llevó al magno evento de Javier López-Suárez. El auditorio estaba repleto de carros y había mucha gente involucrada en la logística; una persona que estaba administrando el flujo de carros me pidió que lo siguiera cuando le enseñé mi brillante invitación dorada. Había una sección especial para invitados especiales y cuando llegué, Javier López-Suárez caminó hacia mí saludándome con un beso en la mejilla: "Me da muchísimo gusto que puedas acompañarnos, Estíbaliz. Es el evento más importante del año para nuestra empresa y vamos a premiar a nuestros empleados más destacados. La mayoría son mujeres, por lo que me da mucho gusto que estés aquí. Eres la única mujer en el grupo de invitados especiales". Ese cántico me lo sabía a la perfección, vivía en un mundo de hombres, por lo que dejó de molestarme escuchar esa frase.

Pensé en mis hijos persiguiéndome con las espadas diciéndome que yo era el dragón que tenían que vencer, llorando por el juguete que su hermano había agarrado; el sacrificio de estar lejos en ese momento ahí, empezó a sentirse bien. Javier López-Suárez me presentó con los demás invitados y empezó el intercambio de tarjetas. Todos eran Directores y algunos de ellos eran Presidentes de Consejos de empresas de la ciudad. Javier invitó a personas de alto nivel directivo.

Las brillantes y hermosas tarjetas de presentación me gritaron que les explicara a esos hombres lo que hacía de mi vida laboral para prospectarlos como clientes de mi empresa, pero dado que era el momento de Javier, solo les mencioné que los contactaría pronto. Los invitados especiales traían trajes oscuros hechos a la medida. A mi lado estaba un director de una empresa alemana que mencionó que era la primera vez que lo habían invitado al evento. Yo le mencioné que yo también estaba en la misma situación. Ambos escuchamos un par de risas entre los demás directores. Me dio la impresión que me estaba perdiendo de algo, pero preferí guardar silencio.

El director alemán nos comentó que había llegado a México hace un par de semanas y todavía estaba lidiando con el sol que había en la ciudad. "Soy un iceberg derritiéndome con el calor. Pueden llamarme Director Iceberg", nos dijo sonriendo, tratando de romper el hielo. "¿Calor? La cuidad de México tiene temperaturas de veinticinco grados, en Monterrey llegamos hasta los cuarenta y cinco grados centígrados", le dije riéndome. El Director Iceberg me preguntó cómo se deletreaba Monterrey y lo escribió en su celular; me quedó claro que iba a evitar visitarnos en el futuro cercado. Después de comentar las altas temperaturas en algunas ciudades de la República Mexicana, Santiago, el hombre que parecía de mayor rango, nos dijo: "He venido a cada evento de

LS Cosméticos desde la primera vez que me invitó Javier. He tenido que cancelar viajes en dos ocasiones, para poder asistir. Digamos que es una experiencia diferente". Traté de descifrar de qué se trataban las risas, pero era cuestión de minutos para que empezara el evento. "Vamos a poner a los dos nuevos invitados al lado mío: Tú Estíbaliz y tú Frederick, acompáñenme por este lado", nos dijo Santiago.

La voz del hombre en el micrófono nos invitó a pasar al auditorio; empecé a sentir que seríamos los jueces en un concurso que se iba a trasmitir a nivel internacional. Había por lo menos dos mil personas en el auditorio, en su mayoría mujeres, las cuales nos aplaudieron dándonos la bienvenida. El ambiente que se vivía en el lugar era impresionante, volteé a ver al Director Iceberg, tenía la boca abierta sorprendido tratando de entender qué estaba presenciando. Había lámparas dirigidas en movimiento en todo el auditorio. Los aplausos de los presentes emitían un ruido ensordecedor, y se oyó una oleada de aplausos adicional para Javier López-Suárez cuando tomó el micrófono. Se veía contento, parecía una estrella de rock, diferente al hombre medido y atento que era cuando estaba cenando con Alberto y conmigo.

Javier dio la bienvenida a los invitados de honor, y el público nos aplaudió con mucho entusiasmo. Al momento de presentarme, recalcó que yo era la única mujer que los acompañaba en la mesa principal; los aplausos y los gritos se intensificaron. Quise moderar mi sorpresa, pero pensé que las personas lo hubieran tomado como algo negativo, así que me dejé abrazar por los aplausos, saludando con emoción a los presentes. Mi necesidad de horas de sueño desapareció, esos aplausos me dieron suficiente energía para las próximas dos semanas: podía salir en ese momento y correr un maratón de cinco kilómetros, tomar clases de Zumba, saltar desde la Quebrada en Acapulco, y aun así seguiría con suficiente energía para lo que viniera.

Cuando Javier terminó de presentarnos, empezó la entrega de reconocimientos nombrando a los grupos que habían alcanzado sus metas. Seis grupos de personas pasaron al frente para ser reconocidos, y dieron un discurso muy emotivo agradeciendo el esfuerzo a su equipo y a su familia. Me sentí cautivada por la forma en que la que hablaban sobre salir adelante por sus familias y por ellos mismos. La gente les aplaudió con tanta fuerza que el sonido retumbó mis huesos, parecían una comunidad integrada, gente en busca de un mismo fin y con intereses comunes.

Después de una hora de aplausos, Javier López-Suárez nos dijo que iba a empezar la parte más emocionante de la ceremonia: se iban a nombrar a los diez empleados que habían alcanzado el mayor número de ingresos por ventas de los productos. Justo cuando creía que la cantidad de aplausos era abrumadora, los asistentes nos llevaron a una nueva dimensión. Parecía que estaban sincronizados gozando el momento. Mis brazos empezaron a tomar vida propia, aplaudiendo al ritmo de los demás, se negaron a responder a mi llamada de sobriedad. Salieron las explosiones de confeti entre dos hileras de personas.

Pensé que mi vida sería más sencilla con esas explosiones de confeti en mi casa: les podía decir a mis hijos que si querían pasar por la explosión de confeti tenían que tomarse el jugo verde, vestirse solos, almorzar huevo, y lo harían con gusto para poder pasar por abajo de ese gran invento de la humanidad.

Javier dijo, con mucho entusiasmo, que el décimo lugar se había incorporado al equipo de ventas hace dos años, y ya se encontraba en los primeros diez lugares de la lista. El premio fue para una mujer llamada Karina, la cual salió entre dos gradas, saludando a todos los presentes, caminando por una alfombra roja entre los aplausos ensordecedores de sus compañeros. El Director Iceberg se quedó viendo la escena con la boca y los ojos abiertos; ver su cara me sonreír. Esa pose fría se estaba desvaneciendo. Cuando volteó a verme le dije con una sonrisa: "¡Bienvenido a México!". Nunca olvidaré esa sonrisa, como si fuera un niño que recibió regalos de Santa Claus, empezó a aplaudir con el ritmo de la música y me dijo: "¿Cuántas cremas tengo que vender para que me reciban así?". Me reí a carcajadas; el Iceberg se derritió y se convirtió en el Lago de Xochimilco.

Fueron pasando uno por uno los ganadores, Javier le dijo a la audiencia que el tercer lugar de mayores ventas era para un hombre llamado Pepe, el cual había empezado hace cinco años a ser parte de la organización. El año anterior ya se había posicionado en los primeros diez lugares. Pepe trabajaba en el turno de la noche en un puesto de tacos en su colonia y en el turno de día se dedicaba a vender los productos de la empresa. Además, Pepe era el único hombre entre las nueve mujeres que figuraba en la lista de los primeros diez finalistas. Pepe entró por el pasillo mandando besos a todas las señoras a su alrededor mientras todas ellas gritaban con emoción: "¡Pe-pe! ¡Pe-pe! ¡Pe-pe! ¡Pe-pe!". Me dejé llevar por la emoción y empecé a aplaudir al hombre que mandaba besos a su paso.

Una edecán me dio el premio que iba a entregar, era un trofeo dorado con muchas estrellas que tenía el nombre de Pepe en la parte de abajo. Se acercó a recibir su premio con una camisa azul y unos pantalones negros. El hombre era diferente a lo que me imagine que era un vendedor de cosméticos, le di su trofeo, felicitándolo por su trayectoria al día de hoy. Pepe me dio un abrazo, un beso en la mejilla, y saludó de mano a todos los demás directores que lo estaban felicitando. El único nombre entre las finalistas: una ligera presión se liberó de mi caja de Pandora.

Llegamos al momento del primer lugar, Javier gritó que necesitaba aplausos para poder decir quién había sido la vendedora número uno, pero tenían que aplaudir al ritmo de la música. Se oyó música tropical, y todos los asistentes aplaudieron gritando el nombre de la empresa. Volteé a ver al hombre alemán que estaba a mi lado izquierdo, se dejó envolver por el momento, moviéndose como chimpancé, saltando y aplaudiendo sin coordinación con la música tropical, pero parecía importarte poco.

Todos las lámparas dirigibles las enfocaron al lugar donde la vendedora número uno de la empresa iba a salir a ser premiada por sus esfuerzos obtenidos durante el año; las explosiones de confeti llegaron a una nueva altura, y fue cuando salió la gran estrella de la noche.

Nota mental importante para mi Christina: Nena, se necesita ser sumamente valiente para tener una piel bronceada, y elegir usar un vestido fucsia para un evento. Nunca lo olvides, nena.

Javier gritó: "Lupita Gómez". Un grito ensordecedor se escuchó en el auditorio, Lupita salió entre las filas y empezó a caminar en la alfombra roja, portando un aparatoso vestido fucsia de holanes con unos tacones de quince centímetros de alto del mismo color. Traía el peinado que se usaba en los ochenta, con ondas hacia atrás, usando unos aretes enormes colgando como candelabros de sus oídos. Lupita era chaparrita y estaba un poco pasada de peso, pero tenía una sonrisa encantadora y contagiosa. La gente empezó a gritar su nombre, como si lo estuvieran diciendo por sílabas. ¡Lu-pi-ta!, ¡Lu-pi-ta! Los gritos y los aplausos se hicieron cada más fuertes. Lupita caminó por la alfombra roja con esa espectacular sonrisa, saludando y aventando besos, parecía la reina de la graduación. Los invitados que estábamos presentes gritamos su nombre al unísono, aplaudiendo con emoción mientras desfilaba entre las filas de las personas hacia el pódium. El Director *Lago de Xochimilco* preguntó quién le iba a entregar el premio a Lupita, todos queríamos entregarle el premio a la gran ganadora, pero Santiago tomó el trofeo que le entregó una edecán, un trofeo grande, dorado y lleno de estrellas. Lupita terminó su recorrido de la victoria y subió al escenario.

La gran ganadora de la noche empezó a saludar con besos y abrazos a los Directivos, y llegó a donde yo estaba. Me sentí impresionada por la belleza de la mujer, era diferente a la modelo perfecta y estética. Algunas veces la belleza interna se muestra al exterior de una manera mágica y llena de vida, y ella era el ejemplo perfecto de esa belleza. Saludó a cada uno de nosotros como si fuéramos sus familiares queridos; después de saludarnos, se quedó unos segundos arriba del escenario, y Javier dijo frente al auditorio que se sentía muy orgulloso de ella; como todos sabían Lupita era la máxima vendedora de productos en lo personal, pero también tenía el grupo de ventas más fuerte. Lupita tenía dos hijos adolescentes, por los cuales trabajaba y salía adelante. El público siguió gritando con emoción: ¡Lupita! ¡Lupita! ¡Lupita!, sentí como la piel se me hacía chinita con la forma en la que le aplaudían a esa mujer.

Cuando terminaron de premiar a los empleados, el público le aventó porras a la organización y una más para Javier. Cuando las porras acabaron, las edecanes nos pidieron acompañarlas al salón donde íbamos a tomar un cóctel, para convivir con los primeros diez lugares de ventas de la organización. Pensé que Javier podría hacerse millonario vendiendo entradas a este evento: era un cargador de pilas instantáneo, sin duda esa era la razón por la que siempre estaba de buen humor y con una fuerza que parecía inagotable. Todos los directores nos fuimos a un cuarto donde había bebidas y una interminable cantidad de bocadillos. Los diez ganadores entraron al lugar, y fue Lupita la que se nos acercó de inmediato con ese vestido fucsia exuberante, y la sonrisa contagiosa.

Empezó a saludar uno a uno, Lupita sabía de memoria los nombres de todos los invitados especiales de la celebración. "Señor Lorenzo, ya tengo listas las cremas de manos que le gustan a la Señora Mariela, mañana mismo se las puedo mandar", le dijo Lupita con una preciosa voz ronca. El hombre contestó: "Ya sabes que a Mariela le encantan esas cremas cítricas para las manos, me dijo que ya se le estaban acabando". Lupita sonrió cerrándole un ojo y le dijo: "Perfecto, mañana mismo se las llevo". Lupita parecía demasiado correcta para insinuarse, parecía más bien parte de su encanto natural el ser tan chispa. Cuando llegó a saludar al Director *Lago de Xochimilco*, le dijo que era un placer conocerlo, y que tenía el protector solar perfecto para cuidar su piel tan blanca. El hombre no hablaba español, Lupita no hablaba inglés pero eso no fue impedimento para que siguieran conversando mientras yo traducía lo que estaban diciendo. El Director *Lago de Xochimilco* le dio su tarjeta de presentación para que Lupita le hablara a su asistente y se pusieran de acuerdo para entregar el protector solar que necesitaba, porque el calor de la Ciudad de México lo estaba volviendo loco. Le dijo que se sentía bendecido por ver una mujer tan bella triunfar de una forma tan espectacular. Sus palabras parecían sinceras.

Llegó mi turno, Lupita se acercó a mi dándome un gran abrazo y me dijo: "Licenciada Estíbaliz, es un gusto que nos acompañe en esta celebración". De inmediato le pedí que me llamara Estíbaliz a secas. Me respondió: "Es un gusto ver mujeres directivas llegar a este lugar, nos gusta ver a mujeres exitosas". Yo le contesté que era ella la número uno en ventas a nivel nacional. Lupita volteó, y me dijo: "Eres una belleza. Tú no necesitas producto alguno de esta empresa".

Sentí como si me hubieran tirado una cubeta de agua fría encima, seguida de toda la frialdad que había dejado el Director Iceberg en la sala antes de entrar a la ceremonia. ¿Por qué se negó a ofrecerme alguna crema de las que distribuía? Pero Lupita parecía demasiado astuta y tenía un colmillo de años de experiencia. Saqué mi tarjeta de presentación y le dije: "Te aseguro que encontrarás algo para mí Lupita". La mujer me sonrió y me dijo con un gesto pícaro cerrándome un ojo: "¡Te hablo pronto!". La noche era de ella, y por alguna circunstancia yo también quería ser parte de tu éxito.

Javier nos contó que Lupita había tenido una vida muy difícil, el papá de sus hijos la dejó y nunca se quiso casar con ella. Lupita fue a la escuela primaria por cinco años y después de ese tiempo se puso a trabajar para sacar a su familia adelante. Seguía manejando un carro modesto, vivía en una colonia segura afuera de la ciudad y sus dos hijos estaban estudiando lejos de la Ciudad de México. Vi a Lupita agarrar varios de los bocadillos de la mesa, mientras una mujer se acercó a abrazarla.

Quise evitar sacar mis verdaderos colores, pero algunas veces es imposible, así que le pregunté a Javier cuánto facturaban mes a mes estas personas para llegar a los primeros diez lugares. Javier nos dijo un rango de ingresos por ventas y una aproximación de los porcentajes que ganaban por nivel. Mi mente visualizó un concurso de la rueda de la fortuna en movimiento, llegó a un número, brilló en rojo y una chicharra sonó tres veces. Los ingresos de esta mujer eran impresionantes: Lupita podría comprarse una mansión, podría comprar un carro de lujo, podría tener su comprador personal en las principales cadenas de lujo de Estados Unidos y usar los zapatos más caros que el dinero pudiera comprar. Si Lupita era inteligente en administrar sus recursos, ya tenía suficiente dinero ahorrado para vivir el resto de su vida de manera modesta, por todos los años que llevaba ganando esa cantidad de dinero.

Pero los íconos son una joya valiosa para toda sociedad. Las personas en ese auditorio querían superarse y llegar a ser las estrellas vestidas de fucsia caminando en la alfombra roja, aventando besos como Lupita. Todos aspiraban a ser una persona respetada por el trabajo y el éxito continuo. Lupita era parte importante de la cultura de todos los que estaban a su alrededor.

Portaba los aretes que se estaban promocionando esa temporada en los catálogos, usaba un escandaloso perfume que era el de mayor ventas de la empresa en esa temporada; sospeché que después de esa noche, el labial fucsia que Lupita usó sería el producto más vendido. Lupita quería seguir siendo la misma persona, le interesaba poco comprarse un carro de lujo que les hiciera pensar a las personas a su alrededor que había cambiado su forma de vida. Quería seguir con la misma fórmula de éxito que la había llevado hasta ese momento. La astucia no se oculta, ni siquiera bajo un vestido fucsia de holanes.

Javier nos dijo que Pepe, el hombre que ganó el tercer lugar, compró el puesto de tacos en el que había trabajado por diez años. Los recursos para comprarlo los obtuvo de las ventas de las cremas. Pepe decidió unirse a su equipo y generar una comisión por la venta de cosméticos y vivir de una forma más holgada. Pepe puso jabones líquidos de esa marca para invitar a los clientes a lavarse las manos en los baños, diciendo que era política de la taquería mantener la salud de todos; ahí mismo vendía los jabones en la caja. El olor cítrico de esos productos era abrumador y era el producto más vendido de la empresa en los últimos dos años.

Después de que Javier nos relató la historia de los ganadores, la conversación se centró en las fechas para el evento del próximo año. Todos los presentes le dijimos a Javier que queríamos ser invitados en la siguiente premiación. Platiqué con ellos por unos minutos más, y luego me salí al balcón del auditorio para poder respirar el smog de la ciudad y hablar a mi casa para saber si mis hijos se habían dormido. Tenía unos minutos más antes de irme al aeropuerto. La llamada se enlazó y me contestó Alberto: "Ya se durmieron, preguntaron por ti, pero les dije que llegabas en unas horas". *Amo a este hombre.* Le agradecí que estuviera con ellos y le dije que la experiencia había sido abrumadora. Alberto me contestó: "Javier me dijo el ambiente que se vivía, pero preferí que lo vivieras sin expectativas. Me da gusto que lo hayas gozado. Te veo de regreso en unas horas; voy a acabar unos pendientes de la oficina". Me dejó tranquila saber que mis hijos ya estaban dormidos, era imposible estar con ellos todas las noches, pero éste día valió la pena estar lejos. Y tenía toda la intención de regresar el próximo año.

Volteé a ver hacia atrás porque sentí que tenía compañía; el escandaloso vestido fucsia estaba en la puerta de cristal, a unos metros de donde yo estaba "¿Puedo hacerte compañía?", me dijo Lupita. Le contesté que estaría encantada, esa mujer me daba muy buena vibra y podía permanecer ahí más tiempo sin perder mi vuelo de regreso.

Vi la diamantina pegada sus mejillas, era del tipo que le ponen a las niñas en las piñatas cuando están chiquitas, aunque era un poco más sutil. Lupita se le quedó viendo a mi collar, se acercó, arregló las cadenas y me dijo: "Le dije a mi compradora personal en Estados Unidos que este collar tenía un defecto. Me dijo que me lo estaba poniendo mal, pero cada que me lo pongo, las dos bandas se entrelazan. Insisto que es un defecto de fabricación". ¡Bingo, lo sabía! Compradora personal. Tienda departamental de lujo. Le sonreí de inmediato. "Tengo el mismo problema, pero es un collar hermoso. Es imposible regresarlo", le dije. Lupita sonrió y me dijo que sí moviendo la cabeza. La brillantina, los aretes de fantasía de candelabro y el fucsia a su alrededor, hacían contraste con la adquisición del collar de diseñador de alta costura.

"¡Felicidades por el premio Lupita, nunca me imaginé que se vivía un ambiente así de intenso en el evento!", le dije. Lupita me sonrió. "Creo que conoces la sensación de oír los aplausos desde la punta del Cerro".

Esta mujer aplanó los botones para llevarnos a un nuevo mundo, me acordé del videojuego de mi hijo Alberto, cuando le piden presionar la A para ir a otra galaxia. Yo quise revelar la respuesta y le respondí: "He estado ahí, el aire se siente diferente, he obligado a mi cerebro a que siga pensando con claridad y deje a un lado la locura". La brillantina que traía en sus mejillas se movió como pájaro que extiende sus alas. La mujer tenía los dientes blancos y un poco desacomodados. Lupita me contestó: "Cuando llegas a la punta del Cerro, te enfrentas a varias decisiones: puedes alimentarte de los aplausos, puedes mantenerte ahí asegurándote de agredir a quien se te acerque para que nunca te alcance, o puedes clamar propiedad de ese lugar y vivir con el poco oxígeno que te ofrece la altura". *Me agrada esta mujer.* La vista de Lupita estaba fija en la avenida, estaba tratando de moderar lo denso de la conversación. "¿Qué opción eliges tú, Lupita?, le pregunté. El vestido fucsia se dio vuelta cuarenta y cinco grados y me dijo de frente subiendo una ceja: "Recibo los aplausos, bajo del Cerro, y me preparo para subirlo una vez más como todos los demás". *Cada año empieza de cero.*

Le dije que era lo mismo que le repetía a mi equipo de trabajo, dejar la gloria arriba se siente como una traición a ti mismo, una de las más grandes tentaciones que puede vivir un ser humano; pero quedarse rodeada de gloria hace que tu cerebro reciba poco oxígeno y deje de funcionar. La gente que cae de la cima voltea a verla con nostalgia, la señala como si fuera parte de ellos, y se pierde en su recuerdo, paralizándose.

"Tus hijos deben estar muy orgullosos de ti", le dije. Ella me contestó: "Tengo a mis gemelos de dieciséis años estudiando en una escuela militarizada en Estados Unidos". Volteé a verla con interés, ella continuó: "Son unos niños extraordinarios, pero necesitaban educación paternal. Vengo de una familia disfuncional: mi padre golpeó a mi madre hasta que la mató un día que estaba borracho. Cuando yo tenía quince años me junté con un hombre que tenía las mismas características que mi padre". Lupita bajó la mirada, volvió a ver la avenida y dijo: "Por quince años soporté el mismo trato humillante y abusivo que viví cuando era niña, además le financié a mi hombre las borracheras que agarraba todos los días". Volteó a verme sintiendo la sorpresa en mi cara y me sonrió: "¿Demasiada información?". Yo le respondí: "Me puedes decir lo que quieras". Era probable que mi cara estuviera mostrando lo contrario.

Lupita sonrió, volteó a ver las luces de la avenida que cruzaba frente al auditorio y me dijo: "La gente dice que la rana en la olla nunca salta porque se va acostumbrando al calor hasta que muere hervida. Yo pienso que la rana nunca salta porque es la única forma de vida que conoce". Tardé unos segundos en procesar la información, hasta que encontré en mi cerebro la analogía de la rana.

"¿Sigues a su lado?", le pregunté de la manera más casual que encontré. Lupita sonrió de forma amarga, quise retractarme pero ya era demasiado tarde: "El día que mi hijo golpeó a su novia y la niña llegó llorando a mi casa con un ojo morado, agarré las cosas de mi hombre, las saqué de la casa, y le dije que si algún día regresaba, iba a presentar cargos contra él", me dijo viendo las luces de la avenida.

Me quedé callada, ella siguió contando: "Por supuesto regresó, y cada vez que quería tumbar mi puerta, había un ex-policía convenciéndolo de una manera primitiva y ruda, que se fuera de mi casa. No fueron mis mejores momentos", me dijo con una sonrisa amarga. El perfume exótico con olores frutales empezó a oler ácido, la diamantina era insuficiente para ocultar esa sombra obscura que pasó por su cara. Para ella fue muy difícil explicarle a sus hijos lo equivocado que era golpear a una mujer y le faltaba autoridad moral para hacerlo. Alguien le recomendó que los mandara a la escuela militarizada para que vivieran una experiencia diferente, y les enseñaran la autoridad de un padre. La oportunidad que ella les negó viviendo al lado de un borracho abusivo.

Me acerqué, le agarré la mano y le dije: "Lo siento mucho Lupita". Volteó a verme, sonriendo, y me dijo: "Las cosas empezaron a mejorar". Vio mi cara como una invitación abierta para seguirla escuchando. Respiró profundo y me dijo: "Hace unos meses fui a entregar unas cremas a una clienta fuera de la Ciudad de México, pero me perdí con las señas que me dio". *Cuando veas un árbol grande le vas a dar a la derecha*, le había dicho la mujer. Lupita encontró cuatro árboles grandes en la trayectoria al pueblo. Estaba desesperada, llevaba perdida dos horas. Vio llegar a un hombre con sombrero, arriba de una camioneta con llantas gruesas, que se detuvo en el camino, se apiadó de ella, y le empezó a dar instrucciones de cómo llegar al pueblo. Felipe, el vaquero era encantador, tiene cinco años menos que ella, y se sintió atraída por él en ese momento.

"Felipe me invitó a salir a un lugar llamado el Oeste Lejano, donde bailé con él toda la noche usando tacones de diez centímetros de altura. Una gran odisea para mí, una película de terror para mis pies", me dijo sonriendo y continuó: "El hombre almuerza dos huevos estrellados con un bistec y chile piquín todos los días. Trae un radio cargando que perteneció a su abuela y lo conecta para escuchar música country en la mañanas. Usa sombrero vaquero, tiene cuadros en el estómago, tiene unos brazos espectaculares y me llama *Mija*", terminó riéndose. Continuó con la historia: "Una noche unas clientas quisieron regresarme unas cremas, trataron de abrir mi ventana porque nadie contestaba la puerta. Era el último día que tenían para devolverlas y obtener su dinero de vuelta. Felipe sintió que alguien estaba tratando de entrar a robar, agarró un machete y salió a asustarlas usando un bóxer de cactus y de ratones vaqueros".

Felipe tuvo que disculparse por lo menos una docena de veces con sus clientas y Lupita les preparó un té de manzanilla para que se tranquilizaran. Las clientas parecían más interesadas en los cuadros en el abdomen de su novio, que en el episodio del machete. "Creo que necesito más té", le dijo una de ellas al bóxer de cactus y ratones vaqueros de Felipe. Después de seis tazas de té de manzanilla, las clientas sintieron que era hora de regresar a su casa, pero dijeron que estarían de regreso el día siguiente para comprar más productos. Se despidieron abrazando a Felipe, diciéndole que se sentían más seguras teniéndolo cerca. Lupita les dijo que las esperaba el día siguiente y tuvo que esperar a que una de ellas dejara de abrazar a su novio. Se había mantenido por más de dos minutos colgada de él, sobándolo como si le quisiera dar un mensaje en la espalda y los brazos.

Cuando se quedaron solos, Felipe la abrazó y le dijo: "Tengo que cuidarte *Mija*, eres mi tesoro valioso", justificando su comportamiento de súper héroe con machete. Lupita supo en ese momento que la rana tenía alternativas de vida, Felipe nunca herviría el agua donde nadaba. "¿Me pregunto si el bóxer tuvo algo que ver con mi crecimiento exponencial de ventas en este trimestre?", me dijo Lupita sonriendo. Ambas liberamos la tensión de la historia a carcajadas.

Llevaba tres meses a su lado y sentía una felicidad que nunca había experimentado en su vida. Felipe le cantaba a las vacas para que produjeran más leche y buscaba agua en el subsuelo de su rancho con varas energéticas; era un hombre de pueblo. Ella decidió ir a su rancho, el fin de semana, para pasar más tiempo con él y platicar de su futuro. Felipe fue a firmar un pedido que le llevó el ranchero, dejando a Lupita dentro de un corral. Lupita se dio cuenta que una vaca celosa la empezó a perseguir mientras ella gritaba tratando de tranquilizar a la vaca. "Linda vaquita por favor no me corretees".

Pero la vaca la vio con ojos de odio y la persiguió aventándola con la cabeza. Lupita corrió con los tacones puestos suplicando ayuda, hasta que Felipe saltó dentro corral para rescatarla. "¡Tranquila Petra!", le dijo Felipe acariciándole la cabeza al animal. La vaca reaccionó como si fuera una mascota y se dejó acariciar por él. "Me levanté del piso después de saltar al otro lado del corral, me estaba recuperando del episodio de la vaca celosa, y en ese momento me di cuenta que me había enamorado del hombre que le acariciaba la cabeza a una vaca". Me reí imaginándome la sonrisa de la vaca, frente a un hombre con la camisa abierta mostrando los cuadros del estómago. Podía sentir simpatía por su enamoramiento.

"Nos casaremos antes de fin de año *Mija*", le dijo Felipe después del incidente con la vaca. Lupita hablaba como si todos esos incidentes fueran las llamadas que le hicieron antes de que iniciara la obra de teatro: la separación de su ex-pareja, el haberse perdido en el ejido, la escena del machete, y la vaca loca persiguiéndola. La rana hervida había quedado atrás y ahora le tocaba lidiar con sus hijos; faltaban tres meses para que regresaran, y Felipe estaba dispuesto a hacer todo lo necesario para tener una buena relación con ellos.

Lupita se sentía feliz al lado de Felipe, pero dentro de ella, sentía la incertidumbre de qué pasaría con sus gemelos. ¿Cómo podrían ver con autoridad a un hombre que es diez años mayor que ellos? Nunca habían tenido una figura real de autoridad paterna. Lupita me dijo: "Si fuera por mí, me hubiera casado en ese momento con él, con la vaca loca como testigo. Pero ser madre es como vivir bajo una sombra, te fija límites para mantenerte dentro de ella. Tengo suficiente oxígeno en la cabeza, y mis pies pegados en la tierra para saber que mis hijos son primero. Haré todo lo que esté a mi alcance para que Felipe pueda integrarse a esta familia.

Me lo debo a mi misma".

Mantuve la sonrisa en mi cara durante todo el trayecto al aeropuerto y arriba del avión. "¿Otra copa de vino tinto, señora?", me preguntó la aeromoza. Tomé la siguiente copa de vino, y brindé por la vaca loca que le hizo ver a Lupita cuánto amaba a ese hombre. También por el oxígeno que ella mantenía circulando en su cabeza.

CAPÍTULO 4

ESTÍBALIZ

El éxito estuvo disfrazado de música tropical y bajo explosiones de confeti. Todavía faltaban unos minutos para que amaneciera, pero sentí que la energía me desbordaba. Tenía ganas de irme a correr, pero era hora de despertar a mis hijos y ayudarlos a estar listos para irse a la escuela.

Hace diez años Javier López-Suárez dejó su empleo en una firma de abogados en la Ciudad de México y se enfocó a producir artículos de belleza. Tuvo el empuje para encontrar unas señoras que aceptaron vender esas cremas y cosméticos. Él les paga una parte de su ingreso y las hace socias del negocio. Nos comentó que llegó el momento donde estas personas ganaban suficiente dinero para mantener a sus familias y vivir de una forma digna. Las mujeres habían llegado a una zona de confort, un nivel donde evitaban hacer un esfuerzo adicional dado que ya tenían suficientes recursos para poder sobrevivir. Javier decidió hacer esa inversión en eventos, puso una alfombra roja, luces de todos colores, un DJ que manejara la música y felicitó públicamente por su esfuerzo a las diez personas con más ingresos sobre ventas. Trabajar era una necesidad para sus empleados, pero ser aplaudido en esa fiesta era una cuestión aspiracional. Se podía percibir la emoción de Javier contando las historias que había detrás de los ganadores. Un mensaje estaba implícito en esos trofeos llenos de estrellas: Todos tenían la oportunidad de llegar a caminar en la alfombra roja y subir a ser reconocidos.

Las diez personas premiadas habían empezado desde cero y ahora con el dinero que ganaban podían comprar una taquería o algún otro negocio. Ellos tenían poco que arriesgar, podían vender las cremas y cosméticos de forma simultánea al trabajo que llevaban en ese momento.

Pensé en todas esas mujeres animándose entre sí, para salir adelante. ¿Por qué nadie animaba a las mujeres que yo conocía para que regresaran a la vida laboral? Era una cuestión de voluntad para decirles las palabras correctas y ayudarlas a pasar ese umbral de duda. Sentí que vivía en un mundo diferente respecto a las mujeres que había conocido la noche anterior.

Bajé al primer piso para preparar el desayuno de mis hijos. Los desperté y les platiqué acerca del evento al que asistí. Si había estado ausente para dormirlos, lo mínimo que podía hacer era explicarles la razón. Cuando empecé mi relato, mis hijos escucharon con atención tomándose el jugo verde sin quejarse, y luego me dijeron:

Christina: ¿Lupita te dijo que eras perfecta? ¿Traías el cabello arreglado así?

Alberto: ¿Crees que Lupita me pueda prestar su trofeo lleno de estrellas doradas para llevarlo a mi salón y enseñárselo a mi Miss? ¿Le puedes pedir que nos vaya a leer un cuento el viernes?

Tommy: ¿Podemos cenar en el puesto de tacos de Pepe? ¿Por qué nunca me llevas a cenar tacos? ¿Por qué siempre me tengo que dormir a las ocho de la noche? Quiero comer tacos del puesto Pepe.

Christina: ¿Puedo usar el brillo para labios color fucsia de Lupita?

Me acerqué a los tres y les dije: "Pueden entender o no lo que les voy a decir a continuación pero quiero decírselos de cualquier manera: El dinero motiva a cualquier hombre, pero el reconocimiento público de éxito es algo muy poderoso en cualquier sociedad". Hice una pausa y continué: "En lo que se refiere a nosotros, cada vez que ustedes logran algo extraordinario yo les aplaudo como orangután. Si algún día dejo de hacerlo, por favor me recuerdan este momento".

Mis tres hijos me observaron sin expresión en la cara, como si estuviera frente a ellos una mamá que de repente les dejó de hablar español y les empezó a hablar en alemán. El Expreso Escolar llegó en ese momento y yo les repetí a mis hijos cuánto los amaba. Me dijeron que querían quedarse en la casa conmigo, y yo les dije que se tenían que subir al camión o nunca los llevaría al puesto de tacos de Pepe. En cuestión de segundos estaban arriba del camión, sentados, con los cinturones de seguridad ajustados. *¿Me pregunto cuánto tiempo me durará ese argumento?*

Gabriel, mi bebé de tres años estaba sentado en las escaleras tomando biberón, me acerqué para preguntarle qué hacía ahí, y si había escuchado lo que les había dicho a sus hermanos. "Hola mamá". Lo cargué y lo subí a su cuarto para quitarle la pijama y ponerle la ropa. Con su bebé-lenguaje me dijo: "¿Upita?". Lo llené de besos mientras contemplé lo que se sentían sus últimos días de palabras cortadas y chistosas. Estaba a punto de empezar a hablar como un niño grande.

Llevé a Gabriel al kínder, llegué a mi oficina a resolver pendientes del día anterior. Volteé a ver a mi agenda, y vi que el día siguiente tenía que viajar a Houston, Texas a la junta de Consejo de *Benjamín Peterson Capital*. Me dio escalofrío pensar lo que había pasado en mis primeras dos intervenciones con ellos.

El día de la primer junta, usé mi mejor traje oscuro, me puse un collar de perlas y arreglé mi cabello con gel peinado hacia atrás. Traía el ímpetu de colaborar en mi primera aparición y sorprender a todos los presentes, como toda buena novata. Recuerdo que dormí poco por la emoción y tuve que manejar en la madrugada al aeropuerto para tomar el primer vuelo a Houston.

A mi llegada, Benjamín me presentó con los miembros del Consejo, yo era la única mujer sentada en la mesa. Podía oler esa mezcla de fragancias frescas y costosas. Un analista empezó a mostrar los números de una empresa que querían adquirir, desplegó sus cálculos y después de varias corridas, un resultado me causó ruido: era como ver una fila de perros labradores y encontrarse un Dóberman que creía que era un perro amigable. "Tengo duda de cómo llegaste a ese veinte por ciento", le dije al analista. Los asistentes voltearon a verme como si hubiera dicho una grosería. El analista hizo una expresión de molestia y me respondió: "A través de un cálculo de Excel". Su mirada me preguntó si esa respuesta era suficiente para que me retractara, yo le sonreí y le dije que necesitaba más detalles.

En ese momento supe por qué llamaban despiadado a Matthew Peterson. Se quejó del poco tiempo que teníamos para ver los temas. "Podemos conseguirte un curso de Excel en español o pagarte un tutor para que te enseñe matemáticas remediales. Éstas son las grandes ligas, es imposible detenernos por la falta de preparación de uno de los presentes", me dijo molesto. Se oyeron unas risas burlonas en algunos de ellos y mi cerebro se colapsó. "A menos que tengas alguna duda válida pronunciable en inglés en este momento, vamos a continuar con la sesión", me dijo Matthew viéndome con esos ojos hipnóticos y furiosos. El analista hizo un gesto de desprecio y continuó con la explicación.

Mi mente cansada apenas podía descifrar las abreviaturas de los conceptos en los renglones. Matthew tenía razón, ¿cómo se me ocurrió llegar sin preparación a la junta? El analista terminó su explicación, los asistentes discutieron sus dudas, Matthew parecía saberlo todo y conocer la respuesta a cada una de las preguntas que hacían. Cuando terminaron de opinar, los hombres se levantaron con apuro de sus sillas y se fueron sin despedirse de mí. Me sentí la niña que había salido al recreo y nadie se quería juntar con ella; tardé veinte minutos en encontrar el ticket de estacionamiento dentro de mi bolsa de mano, sentada en esa mesa, e hice un intento sobrehumano por mantenerme sin llorar.

Cuando llegué a Monterrey, Alberto me dijo que me quería invitar a cenar para que le platicara cómo me había ido en mi primera reunión; yo le pedí que nos quedáramos en la casa. Me escuchó con atención cuando le dije lo que había pasado, sin mencionar las empresas o los números. Le dije el ridículo que había hecho ese día. Me agarró la mano en señal de apoyo y me dijo que todos pasábamos por un momento así en nuestras vidas, que evitara juzgarme tan duro.

Dormí doce horas seguidas ese viernes y me quedé tres horas más acostada en la cama el sábado, hasta que mi hijo Alberto me pidió que lo llevara a la alberca del Club. "Súbete conmigo al tobogán de la alberca, mamá", me dijo. Pero era demasiada realidad para mi fin de semana: un esfuerzo enorme para subir a la cima y caer rápidamente por el tobogán en una alberca llena de agua fría. Alberto les dijo a mis hijos que era el momento donde su mamá tenía que descansar; yo sentí que el mundo se oscurecía. Estaba dejando que mis problemas profesionales interfirieran con mis hijos, lo cual me prometí siempre evitar.

El domingo volví a ser yo misma, pensé que nunca me llamarían, pero dos meses después, Candice, la secretaria de Benjamín me habló para confirmar mi asistencia a la junta trimestral de la empresa. Tuve pesadillas esas noches, que les entregaba invitaciones para las piñatas de mis niños y que llevaba un sombrero charro que contrastaba con todos esos trajes perfectos oscuros. En varias ocasiones quise llamarlos para decirles que tenía un compromiso en Monterrey, imposible de cancelar, pero Alberto me hizo cambiar de opinión: "¿Con qué cara les vas a decir a tus hijos que tienen que pelear por lo que quieren en la vida? Esto es cuestión de carácter. Ve, habla con ese analista y pregúntale cómo puedes prepararte para las reuniones. Toma provecho de la debilidad que hay detrás de esa risa burlona. Evita hacer el papel de La Llorona frente a todos, busca la forma de hacerlo entrar en razón", me dijo con una fuerza que solo veo en él, cuando cree firmemente en algo.

El día llegó, en la madrugada Alberto me acompañó a mi carro que estaba estacionado en la cochera y me dijo: "Eres una mujer inteligente, ve a sentarte y demostrar por qué te invitaron a esa mesa". Le sonreí esperando que me dijera que necesitaba que alguien le hiciera el desayuno, pero se dio la vuelta y se metió a la casa. Pocas veces he sentido pavor como en ese momento, pero el miedo se desvaneció al escuchar Reggaetón en el camino al aeropuerto.

Llegué a Houston portando un traje sastre color hueso, el cual era del mismo color que las paredes de las oficinas de *Benjamín Peterson Capital.* Pensé que mi inconsciente estaba tratando de camuflajearme para evitar que los hombres sentados en la mesa se dieran cuenta que estaba presente entre ellos. Un nuevo analista asiático explicó las corridas, mientras los demás hombres opinaban hablando de los conceptos. Tenía una actitud más moderada que el anterior. Justo cuando sentí que me estaba ahogando entre los números, Benjamín le preguntó al analista asiático si ese porcentaje estaba verificado. El analista pasó una onza de saliva por la garganta y le contestó que sí. Benjamín nos dijo: "Lo último que necesitamos es otro veinte por ciento equivocado, que tire a la basura seis meses de trabajo". El mundo se detuvo con lo que dijo Benjamín, los asistentes hicieron movimientos corporales de incomodidad, pero yo decidí mantenerme en silencio hasta saber de qué estaba hablando.

Cuando el analista presentó el último caso, los asistentes se levantaron y salieron de la sala de juntas, Benjamín me pidió que lo acompañara a su oficina, me señaló la silla frente en el escritorio para que me sentara y me preguntó con una voz fría y ronca: "¿Cómo supiste que estaba equivocado el porcentaje?". *Nunca supe que era un error, solo abrí mi bocota para oírme interesante y hacer un intento por impresionarlos.* Le contesté: "Carecía de sentido, se trataba de algo técnico, por lo que decidí guardar silencio dado que era una Junta de Consejo". Benjamín siguió observándome con esos ojos fríos e hipnóticos que se parecían a los de Matthew: "Ese renglón correspondía a uno menos veinte por ciento, lo cual daba un resultado diferente en las corridas de ingresos. Tuve que verificar la información en persona. Dejé a mis amigos plantados en el campo de golf dos días completos. El error pudo haber causado que pagáramos un par de millones de dólares más de lo que valía la empresa. Despedí al analista egocéntrico cuando trató de justificar el error".

Me mantuve con una postura firme. Benjamín se levantó y me dijo: "Si tienes conflictos para defender algo que ves incorrecto, entonces éste es el lugar equivocado para ti; por lo que espero que la próxima vez que encuentres un error, lo pelees en voz alta, con firmeza y sin dudas. Es todo por hoy Estíbaliz". Tardé unos segundos en darme cuenta que me estaba solicitando que saliera de su oficina. Me levanté y le sonreí, Benjamín es un hombre frío y duro, pero estoy segura que dentro de él hay un hombre que llega a su casa y le echa agua a sus gardenias con una regadera de mano.

El mundo olió diferente a partir de ese momento, sabía a felicidad. Pude haber caminado por las calles chocándola con las personas a mi alrededor, pero preferí guardar mis emociones para contárselas a Alberto. Candice gritó mi nombre cuando salí de la oficina de Benjamín y me dio una tarjeta: "La comida está programada a las cuatro en punto. Matthew no se había percatado que el lugar donde cenaban, era exclusivo para hombres, por lo que la cambiaron a otro restaurante para que puedas acompañarlos. Estarán puntuales a esa hora, llega puntual", me dijo. *¿Me trató de mandar algún mensaje oculto acerca de la puntualidad?*

Llegué a las tres cincuenta de la tarde al restaurante, ya estaban todos esperándome y nos sentaron en una mesa grande. La mesera se le quedaba viendo a Frank, uno de los Consejeros, le sonreía de una forma tan obvia que ignoraba a todos los demás cuando le estábamos ordenando nuestra comida. Nos sirvieron unos cortes de carne mal cocidos, todos se quejaron de lo pésimo de la comida; preguntaron por qué habían decidido cambiar de restaurante, y me voltearon a ver cuando Matthew me señaló con sutileza. Sus miradas podían decir muchas cosas, pero hoy había escuchado las palabras que Benjamín. Él me dijo los millones de dólares que le ahorré por mi intervención en la junta pasada. Era muy probable que hubieran encontrado el error en alguna revisión posterior, pero en ese momento el mérito era mío. Tenía que hablar con voz fuerte si veía un error, y lo iba a hacer con firmeza.

Mastiqué la carne cruda, sabía a gloria aun cuando solicité el corte bien cocido.

Llegué a Monterrey, Alberto y yo festejamos con una botella de champaña. "¿A qué te refieres con comida pésima?", me preguntó Alberto. Yo le contesté: "Me sirvieron un pastel de chocolate con un perejil chino arriba como decoración. Le pedí a la mesera vino rosado y me trajo tinto". Alberto se rió y seguimos platicando hasta que nos acabamos la última gota de champaña.

Me quedé dormida por ocho horas seguidas, las burbujas seguían circulando por mi cabeza cuando mis hijos me despertaron diciéndome que yo era el dragón y ellos me tenían que perseguir con las espadas. Me levanté tratando de enfocar a los caballeros que querían perseguirme. Fue cuando Alberto me preguntó: "¿Realmente te dejaste de comer el pastel de chocolate porque lo adornaron con una rama de perejil chino?". Sólo le sonreí. Estaba segura que él se lo hubiera comido.

CAPÍTULO 5

ESTÍBALIZ

Estaba frente al cuadro colgado en la pared de las oficinas de *Benjamín Peterson Capital,* vestida con un pantalón negro y un huipil de seda de mariposas monarcas manufacturado por diseñadores mexicanos. Me gustan las mariposas monarcas, me gusta ver cuando migran a los bosques de oyameles en México, un fenómeno digno de presenciar. Mi bolsa de mano tiene el mismo diseño que mi blusa sin mangas. Hoy ve vestí como lo que soy, sin agudizar ningún atributo. Cuando salí de mi casa les di un beso a mis hijos y le dije a Alberto que el analista ignoró las solicitudes que le hice por correo electrónico, pidiéndole la información; no me envió los números de los casos que íbamos a analizar. Alberto me insistió que tenía que encontrar la forma de pedirle que me compartiera la información que íbamos a revisar en las sesiones posteriores.

Me cuesta descifrar esta pintura en la pared. Es música plasmada en un cuadro, podía escuchar los colores que estaban pintados, podía ver el amarillo que cambia de instrumento, el verde cuando la melodía toca su punto máximo; el blanco denota las pausas que había en la sinfonía, y el naranja muestra el ritmo. O puede ser que el artista quiso mostrar la ciudad de una forma ecléctica. Por eso que cuando quiero hablar de arte, primero escucho y nunca opino, dado que mi mente tarda años en entenderlo.

"Sería una pena tenerte que pagar por los minutos que estás dedicando a contemplar mi cuadro", me dijo Matthew acercándose a mí. Volteé a ver a la piel blanca, el cabello castaño usando cien mililitros de gel extra fuerte arreglado como ola que entra a la playa, los ojos cafés claros, y esa sonrisa permanente que aparenta que se está burlando de la persona que está frente a él. Olía como si se hubiera vaciado encima medio bote de perfume de trescientos dólares. Mis amigos me dijeron que Matthew Peterson sale con mujeres rubias, hermosas y cultas; y en general causa desagrado a todas las personas a su alrededor. La primera vez que lo conocí pensé que parecía el Secretario de Gobernación de los Estados Unidos de América; después me pareció que era un hombre cruel, al que poco se le podía admirar.

"Buenos días Matthew. Ya sabes que estoy aquí para decorar mi currículum, decidimos posponer el proceso de visa de trabajo", le dije. Él contestó: "Claro, me olvidé que seguimos dudosos acerca de ti, por lo que pospusimos hacerte oficial en el Consejo de la empresa". Matthew trató de hipnotizarme con esos ojos de crueldad, pero como diría mi abuelito: "*Ese corrido ya me lo sé*". Respiré hondo y le sonreí. Volteé a ver el cuadro de la melodía, mientras él continuó con su argumento de forma pausada y fría: "Justo lo que Estados Unidos necesita: una mexicana que venga a quitarle el empleo a un ciudadano estadounidense". *¡Qué bien me cae este hombre!,* pensé.

"¿Te dije que compré dos perras Chihuahua, Matthew?", le mentí. Él sonrió y me dijo: "Apenas soportas el ruido del proyector, es imposible que soportes perras ruidosas". Copié sus ojos hipnóticos y le dije con una voz suave, mostrando mis dientes blanqueados: "De hecho siento un especial desprecio por el tipo". Matthew sonrió. Fue la primera vez que vi esa sonrisa mostrando los dientes. "Déjame adivinar, las nombraste Matthew *una* y Matthew *dos*", me dijo marcando el número con los dedos, como si los números pronunciados en español les pusiera una característica distintiva a cada una de las perras. Me reí y le contesté: "Nunca les haría eso Matthew, se llaman China y Chona. Sabes, cada que empiezan a ladrar les muestro una foto tuya y se callan. Son perras inteligentes, entienden que hay niveles, y se cuadran frente a las grandes divas: las que ladran mucho y asustan poco". Mi sonrisa hipnótica se mantuvo y continué: "Ve a tirar tu basura misógina y racista a otro lado Matthew, de mi lado del rió ya hay suficientes chivos expiatorios". Sus ojos se fijaron en mi sonrisa de triunfo, se me quedó viendo unos segundos más, se dio la vuelta y se dirigió a la sala de juntas. *¿Qué tal ese muro, primo?*

Me acordé de las tres horas que me pasé en la sala de mi amiga Joanna ideando las diez frases para la próxima vez que Matthew me molestara: "Pon atención amiga, tu le vas a contestar...", me dijo Joanna levantando la ceja y enderezando la postura. Estoy convencida que toda buena historia comienza con los consejos de una amiga entrona, con una copa de vino tinto con nombre de castillo francés en la mano.

Contemplé unos minutos más el cambio de ritmo de los colores naranjas en el cuadro. Era necesario empezar a cobrar honorarios para poder comprar un cuadro así para decorar mi casa.

Entré a la sala de juntas viendo las miradas de los asistentes, los cuales me vieron de reojo y me saludaron con un movimiento de cabeza. ¿Cómo podía haber un abismo cultural en países con tanta cercanía? Si esta junta fuera entre mexicanos, seguramente llegaría a saludar a todos, dándoles un beso en la mejilla, e incluso con un abrazo formal preguntando cómo estaban sus esposas. Aquí lo máximo a lo que podía aspirar era un movimiento de cabeza, pronunciando mi nombre. Mi nombre mal pronunciado. La junta empezó en el momento en que me senté en la silla.

El analista asiático empezó dando una explicación de sus casos, yo había hecho mi tarea con los conceptos abreviados, traducidos al inglés y luego traducidos al español; sabía a la perfección a qué se refería cuando pronunciaba las abreviaturas. Pasaron dos horas de discusión. El siguiente caso era de una empresa mexicana, vi al Dóberman en la fila cuando el analista inició con las corridas de números. Le dije en voz alta: "Estás tomando el peso mexicano siete por ciento más depreciado en valor, respecto a lo que está al día de hoy". El analista se me quedó viendo con precaución y explicó que se tomaba un valor aproximado para hacer el cálculo, había una fuerte volatilidad en el mercado con la moneda mexicana en los últimos días. "Si actualizas las corridas con el tipo de cambio actual, puede haber una diferencia significativa en los resultados", le dije.

Matthew intervino de forma inmediata y me listó varias firmas financieras, pronunciándolas como si me diera un coscorrón por cada apellido de los intermediarios que estaban a sus pies. "Todas esas firmas me pueden proveer una estructura a ese tipo de cambio en específico". Me dio la espalda y le dijo al analista que prosiguiera. "Yo te las puedo estructurar y vender", le dije con una sonrisa de niña de diez años con una paleta de caramelo en mano.

Matthew volteó a verme lentamente de nueva cuenta como si su paciencia se hubiera acabado; yo le dije: "Cada que mi teléfono suena y alguien me pide esas estructuras, me levanto a bailar La Macarena. Son los mayores contribuyentes para pagar colegiaturas de la escuela de mis hijos. Ya sabes, mis hijos: Hugo, Paco y Luis".

Sólo tenía que hacerlo caminar un poco más para que cruzara la frontera donde yo reinaba.

Él contestó señalando a la pantalla: "Hay estructuras para asegurar ese tipo de cambio".

Mi respuesta fue: "Te cobran la diferencia por algún lado, generalmente en las letras chiquitas y cuando te sales del rango, a menos que creas que son almas de la caridad". Los hombres se rieron.

Matthew hizo el cuerpo hacia adelante lentamente y me dijo con un gesto que parecía hablar por sí solo: "¿Crees que sabes más que todos esos intermediarios financieros?". Mi respuesta fue: "No más. Lo mismo".

A Benjamín se le acabó la paciencia con la discusión, volteó a ver al analista y le dijo que pusiera el tipo de cambio del peso mexicano de ese día. El analista asiático cambió los números en las celdas, y le dio clic a la tecla *Enter*. ¡Larga vida a la reina!

Me recargué con suavidad sobre mi asiento de cuero evitando sonreír.

Matthew se convirtió en un tomate humano y Benjamín estaba al borde de un infarto. Se acabaron las sonrisas en la mesa, incluida la mía, porque parecía que me estaba regañando a mí también. Se levantó y dijo que íbamos a tomar un descanso de veinte minutos.

Salió murmurando cosas que me fue imposible entender.

El analista asiático se me acercó con prontitud y me dijo: "Para evitar malos entendidos en el futuro, es necesario que revises la información antes de entrar a la junta". *¿Me estaba culpando del error?* Mi mejor respuesta en el momento fue: "Ese es tu trabajo". Se me quedó viendo sin mostrar emoción en la cara, y luego le dije: "Te solicité en tres ocasiones que me mandaras los números y nunca me respondiste. ¿Te parecería buena idea si me envías la información para la próxima junta, omitiendo los detalles de identidad de las empresas?". Me dijo que así lo haríamos y regresó a su lugar en la mesa. El analista hizo un esfuerzo por poner la información en orden, pero se equivocó en varias ocasiones. La forma errática en la que movía el cursor en la pantalla se reflejó en el proyector, y me dio una idea de lo nervioso que estaba.

Cuando Benjamín regresó y todos se volvieron a sentar, el analista asiático nos dijo que iba a estar en contacto conmigo para evitar que se volviera a presentar una situación así; pudo ser mi imaginación pero parecía que me estaba culpando de lo que pasó. Benjamín nos repitió a todos los presentes el tipo de empresas al que estábamos enfocados, habló de las características que tenían que tener para poder ser consideradas, y esa empresa era perfecta para ellos. Fue muy claro en su explicación: "Vamos a tener que hacer escenarios con los tipos de cambio y revisar el costo de las coberturas cambiarias para ver si podemos asignar un monto de compra; la volatilidad que existe en el mercado mexicano puede irse en nuestra contra". Benjamín le pidió a Karl, uno de los hombres en la mesa, que le programara una cita con un funcionario de la Reserva Federal de Estados Unidos para hablar acerca de ese tema.

De pronto vi cómo los ojos malignos hipnóticos voltearon a verme y Matthew me dijo con voz pausada: "Dado que arruinaste el futuro de esta negociación, ¿puedes aportar a la mesa el nombre de alguna empresa mexicana con estas características?". Volteé a ver a los demás asistentes para reírme en forma conjunta con ellos, había sido un error del analista, pero todos mostraron su mismo gesto sobrio. Sonreí y me le quedé viendo a Benjamín, el cual estaba observándome fijamente sin expresión en la cara. Ninguno de ellos iba a secundarme, parecían estar de acuerdo en todo como si fuera un hechizo.

Bajé los hombros y me puse a pensar en todos los empresarios y empresarias que conocía. Matthew dijo: "Es probable que necesitemos un intérprete de español a ingles". Los hombres se rieron. Yo le contesté: "Estoy aquí para aportar Matthew, especialmente en los cálculos equivocados que pasaron por tu revisión". Se me quedó viendo sin decir una palabra, yo continué: "Pienso en varias mujeres empresarias que conozco, una de ellas la considero sólida, ha logrado replicar su modelo de negocio con éxito en cada sucursal que abre. Tiene todas las características que mencionó Benjamín, pero sin aparecer en las portadas de revistas. Creo que si le dan la motivación correcta pueden conseguir un resultado favorable".

Matthew se rió y me dijo: "Con las palabras *Motivación Correcta*, te refieres a…", mantuvo la boca abierta para darle peso a la última letra que había pronunciado. Le sonreí y le contesté: "Si crees que todo se rige siempre por dinero, creo que desconoces el mundo en el que vivo".

Debió haber sido el mejor chiste del año porque los asistentes se burlaron por varios minutos de mí. Incluso Benjamín se rió tanto, que se le quitó el mal humor que tenía; pensé que yo había hecho mal la traducción de lo que les dije, pero cada fibra de mi ser me mostró que lo que pronuncié fue correcto. Candice entró a la sala de juntas, nos vio y salió de inmediato de ahí; el ruido debió haber sido ensordecedor para que entrara a ver qué estaba sucediendo.

Justo cuando pensé que sus burlas habían sobrepasado mi nivel de tolerancia, mi explicación acerca del negocio de mi amiga los llevó a un nuevo nivel: "Como *imperio de belleza*, ¿te refieres a manicure?", me dijo Matthew con una carcajada y continuó: "Estoy a punto de levantarme a bailar La Macarena para festejar tu grandiosa aportación". Algunos de los hombres se ahogaban con las risas, se disculparon y salieron para tomar unos minutos para tranquilizarse.

Benjamín me volteó a ver, sonriendo, tratando de descifrar qué estaba pasando por mi mente, yo me mantuve firme en mi postura.

Si se empiezan a reír de ti por la circunstancia que sea, tú mantienes la pose y la sonrisa de Frida Kahlo en sus autorretratos. Sólo asegúrate de depilarte las cejas antes de irte a Houston, me dijo mi amiga Joanna una tarde antes de la junta, mientras nuestros hijos se bañaban en su alberca. Y así lo hice: mantuve mi postura sonriendo de forma sutil como Frida Kahlo.

Benjamín se quedó observándome, dejó de reírse y me pidió que lo acompañara a su oficina. "Vienes a mi oficina tú también Matthew", le dijo. Los hombres se quedaron riéndose en la sala y uno de ellos dijo a viva voz: "Nunca pensé que este trabajo fuera tan divertido".

CAPÍTULO 6

SUSANA

Me siento en una película de Hollywood, en donde las escenas sobre México se hacen en colores sepia, mostrando las zonas de bajos recursos de este país. Las calles tienen un estilo colonial en el centro de la ciudad de Monterrey. Si reflejaran la realidad, la decoración sería similar a la de una jungla. Las personas suben y bajan de los camiones, incluso cuando el camión está en movimiento con tal de ganar unos minutos de tiempo. El calor es tan intenso que siento gotas de sudor cayendo por mi espalda, me muevo de un lado a otro para que las gotas bajen y se encuentren con mi pantalón de mezclilla. Estoy tomando más agua, dado que el calor llega a los cuarenta y cinco grados centígrados en verano, y parece que mi cuerpo está transpirando todos los líquidos que he ingerido en estos días. Si me tardo veinte minutos más aquí, va a parecer que voy a entrar a un concurso de camisetas mojadas, por lo que este tendrá que ser mi último intento. Mi día empezó a las ocho de la mañana con un café en la mano, y llevo dos horas cambiando de camión a camión sin éxito.

"Siéntate aquí mamacita", me dijo un niño señalando el asiento vacío a su lado. "Me gustan las señoras experimentadas", se rió causando la risa de varios hombres a su alrededor. Un adolescente floreciendo, al que su mamá olvidó enseñarle respeto la primera vez que la llamó gorda. O un niño que empezó sus actividades empresariales con una rifa de un beso de su hermana entre amigos, para poder comprar su primer cerveza. Lo ignoré y avancé. Vi a una mujer a unos metros, pintándose los labios con precisión. El conductor del camión manejó sobre una banqueta para acelerar y ganarle el pasaje al camión de enfrente; le gritó una serie de majaderías cuando pasó a su lado. Para mi buena fortuna alcancé a sujetarme antes de caer arriba del niño, el cual pudo haber cumplido su deseo de tener una señora experimentada sentada a su lado. Me agarré con mucha fuerza del asiento, vi a la mujer recuperarse del azote tratando de continuar maquillándose con la misma paciencia que tenía antes del banquetazo. *Nota mental: Ir al quiropráctico para ver si este incidente me dejó una lesión en el cuello.*

Traté de recuperar mi equilibrio y fui a sentarme al asiento al lado de la mujer, la cual me sonrió cuando me le quedé viendo con interés. "Buenos días, ¿en qué trabajas, linda?", le pregunté. La mujer se me quedó viendo con una mezcla de sorpresa y de incomodidad. "¿Para qué quieres saber?", me respondió. La respuesta me ha servido como filtro, porque hay empleos en los que no puedo competir, en especial los peligrosos. Pocas mujeres contestarían que tienen un empleo ilícito, pero hacer esa pregunta era clave para saber qué decir a continuación. La mujer se rió de forma nerviosa, le dije que mi nombre era Susana, viéndola a los ojos. Ella me respondió que su nombre era Sara. Seguí con el contacto visual hasta que contestó mi pregunta sobre su empleo, con una risita nerviosa: "Soy empleada en una tienda de cosméticos en el centro comercial". La campana de Wall Street sonó en mi cabeza de forma fuerte y clara. Para ellos la campana suena cada vez que inician operaciones, para mí la campana suena con la posibilidad de tener una candidata a ser mi próxima empleada. Mantuve mi cara firme sin emociones, saqué una tarjeta de mi bolsa y le dije: "Quisiera proponerte una asociación de negocios, hoy a las ocho treinta de la noche estaré en esta dirección para empezar un curso básico de belleza. Hago el curso a esa hora, para evitar que pidas permiso de salir en tu trabajo, y te rebajen el dinero que ganas en el día. Mi negocio de belleza paga buenas comisiones para las personas que quieran trabajar para tener mejores ingresos. Te aseguro que el esquema que te voy a presentar, te va a pagar mucho más dinero que lo que estás ganando en la actualidad. Ahí está apuntado mi teléfono celular por si tienes alguna duda", le dije señalando la tarjeta.

Me levanté y grité "¡Bajan!" al conductor. El chimpancé sentado frente al volante seguía manejando como si fuera una carrera de Fórmula Uno. Le sonreí a Sara y le dije: "Sólo doy una sola oportunidad, si la rechazas, supondré que desechaste mi propuesta; empezaremos puntuales, habrá tacos para cenar," le dije con una sonrisa. Me di la vuelta y me bajé del camión.

Empecé a caminar por la banqueta y sentí como otras personas se bajaron del camión tras de mí y oí a lo lejos que me dijeron: "¡Güerita! ¿A dónde vas con tanta prisa?". El niño decidió seguirme. Sus pasos acelerados se oían cada vez más cerca y empecé a caminar con mayor premura, hasta acercarme a un edificio gubernamental que estaba a unos metros. Saqué el teléfono de la bolsa de mano, y sentí que alguien me arrebató la bolsa de forma violenta.

Un hombre joven con ojos rojos y con un aliento agitado corrió frente a mí revisando lo que yo llevaba dentro de mi bolsa; al verla vacía la tiró al piso, volteó a verme y puso especial interés en el celular en mi mano. Me gritó de forma amenazante: "¿Por qué no traes nada en la bolsa, maldita perra?". Estaba furioso y parecía que había olvidado bañarse por muchos días, ¿o era el calor lo que lo tenía así? *¿Acaba de reclamarme que no traigo suficientes cosas robables en mi bolsa?* Empezó a correr como toro de Pamplona hacia mí. Se dio cuenta que un par de policías corrían hacia nosotros gritando palabras que no comprendía. El ladrón de ojos rojos cruzó la calle y corrió rumbo a la plaza alejándose de mi; respiré aires calientes de alivio. Volteé a ver en cámara lenta a los dos policías que corrían hacia donde yo estaba, me los imaginaba como unos salvavidas heroicos vestidos de naranja, pero en versión mexicana. Además tenían un notable sobrepeso, como si hubieran comido una cantidad considerable de tacos de barbacoa todas las mañanas. Pero para mí, eran mis salvadores.

Cuando iba a pronunciar unas palabras de agradecimiento, pasaron a unos centímetros de mí, dejándome perpleja y se dirigieron a un señor que vendía unas paletas de hielo: "Amigo, esta área está prohibida para vendedores ambulantes", le dijo uno de los policías. El hombre les explicó que tenía que pasar por ese lugar para llegar a la plaza. En menos de un minuto ambos policías estaban comiendo paletas de hielo, sin hacer un solo movimiento para pagárselas. Por lo menos lucían contentos. *Debe ser el calor,* pensé.

Marqué un número en mi teléfono y le dije a Enrique que pasara por mí frente al edificio gubernamental donde me habían intentado asaltar; tardó unos minutos en llegar y me subí a la camioneta SUV con un potente aire acondicionado. Enrique me dio un café que acababa de comprar y un sándwich que traía verduras de varios colores, algo saludable. Le pedí que me llevara a mi casa porque necesitaba volverme a bañar, el calor era infernal. Enrique me sonrió y me preguntó: "¿Tuvo éxito señora?".

Si yo usara un disfraz de murciélago y anduviera salvando gente por la ciudad, Enrique sería el mayordomo que cubriría mis acciones heroicas; es atento, siempre está a tiempo, tiene los carros impecables de limpios, y se comporta como un padre para mí. A pesar de ser mayor que yo, me llama *señora,* por respeto. Es la imagen del mayordomo nacido en el Trópico de Cáncer, alto, moreno, cabello blanco, y una actitud de servicio que debe igualar cualquier empleado del Castillo de Windsor, sin el acento británico cliché de mayordomo. Le respondí: "Es muy temprano para saberlo, Enrique; veremos hoy por la noche con cuántas personas contamos".

Después de bañarme con agua helada, me arreglé el cabello, me puse un pantalón negro formal, y una camisa floreada. Me vi en el espejo. Este nuevo color cobrizo de cabello me recuerda el pay de calabaza de Octubre. Me hace ver más joven y más delgada; el corte de cabello Bob lo he usado en diferentes versiones, pero hoy se veía diferente. Contrastaba con la piel blanca y los ojos miel de esta mujer de treinta y cinco años de edad.

Enrique me estaba esperando en la entrada de la casa, como el caballero del Trópico de Cáncer que es. "El abogado la está esperando en los Juzgados de la Junta de Conciliación", me dijo. Le pedí que nos fuéramos en directo hacia allá, mientras agarré mi teléfono para revisarlo: noventa y tres correos pendientes de leer, y doscientos cincuenta chats por responder. Agendé con rapidez todos los eventos tratando de administrar una agenda llena de pendientes, y cuando acabé, me di cuenta que ya habíamos llegado a los juzgados. *¿Era sólo mi percepción o el tiempo pasaba volando?* Al bajarme, vi que mi esposo Gilberto me estaba esperando. He amado a este hombre desde que lo conocí, debe ser su forma tan serena de ver el mundo, y la forma en la que lidia con los problemas. "¿Lista mi torera?", me dijo. Era hora de empezar el show. Entramos al edificio y vi como el abogado de mi ex empleada le regaló una torta a una asistente del juzgado. Abajo de la torta se veía una bolsita de plástico. Podría ser mi imaginación pero dentro de esa bolsita de plástico había un billete de cien pesos. La asistente del juzgado le agradeció el gesto dándole un abrazo.

El conciliador llegó a la sala. De un lado de la mesa estábamos Gilberto, Fabián mi abogado y yo, y del otro, Martha Pérez, mi ex empleada, y sus dos abogados. Uno de ellos rugía viéndome a la cara. Si esto fuera un concurso de quién intimidaba más al enemigo, este hombre lo ganaría por unanimidad. "Estamos aquí para conciliar la terminación de la relación laboral entre la señora Martha Pérez y la señora Susana Sánchez. Yo soy el conciliador, por lo que escucharé lo que tienen que decir ambas partes".

El abogado de Martha empezó con su defensa: "Mi cliente, la señora Martha Pérez ha trabajado horas extras durante tres años completos, de seis de la mañana a dos de la mañana todos los días, incluyendo sábados y domingos. La señora Susana Sánchez le pidió que se retirara físicamente del salón de belleza, el día veintiuno de Enero de este año sin pagarle tres años de salarios. Además la señora Susana Sánchez la amenazó con violencia física si se quedaba dentro de las instalaciones de su negocio".

Me trasladé a ese lugar imaginario del que me habló Gilberto: la Plaza de Toros. Me tenía que poner en el centro del lugar, tenía que saludar a las personas que estaban en las gradas aplaudiéndome, y esperar a que el toro saliera a tratar de envestirme. Además tenía que eludir al toro furioso, de un lado a otro, hasta que se cansara de tratar de golpearme. Tenía que lograr hacerlo con gracia mientras el público imaginario me gritaba

"¡Ole!"". El abogado de Martha siguió exponiendo su caso, estábamos era un lugar abierto, y las personas alrededor de nosotros movieron la cabeza de un lado a otro, en señal de desaprobación. La asistente que estaba sentada a tres metros de nosotros, se estaba comiendo la torta con especial gusto, pero seguía moviendo la cabeza reprobando todo lo que estaba escuchando: un reproche a esa perra insensible a la que describían, la dueña de la estética: yo. Gilberto me apretó la manó, por lo que el público en mi imaginación gritó una vez más: "¡Ole!"".

Veinte mentiras más tarde, Fabián, mi abogado, empezó a hablar: "Quisiera dejar como prueba que la señora Susana Sánchez, dueña del salón de belleza, estuvo en la ciudad de Las Vegas Nevada el día veintiuno de Enero de este año; se le otorga al conciliador copias de los boletos de avión y copia del recibo de hotel a nombre de mi clienta". El abogado de Martha gritó que las pruebas tenían que ser desechadas, dado que pude haber perdido el vuelo, o podría tratarse de otra persona. Hizo especial mención que tengo un historial de mentiras y faltas a la ética. Mi esposo movió su cuerpo hacia enfrente y puso los brazos en el escritorio; era su forma de hacerle saber al abogado que cuidara sus palabras. El abogado de Martha se hizo hacia atrás, al ver al lenguaje corporal amenazante de mi marido. *Amo a este hombre.*

Fabián, mi abogado continuó: "Por cuestiones de seguridad de mi clienta y sus empleados, se tiene un sistema de grabación en el salón de belleza. Mi clienta estaría dispuesta a entregarle al Conciliador, la hora de entrada y salida de la señora Martha Pérez de cada día de los años dos mil once a dos mil catorce". El abogado de Martha intervino: "Los videos pueden estar editados, pueden ser falsos, pido al Conciliador desechar…". Fabián continuó: "Se pueden presentar al Conciliador los videos de la señora Martha Pérez extrayendo dinero de las bolsas de sus compañeras en el lugar de trabajo sin su consentimiento, razón por la cual, la señora Susana Sánchez, decidió terminar la relación laboral hace tres años. Con estas pruebas podemos refutar los hechos que la señora Martha Pérez presentó hoy". Los dos abogados de Martha reaccionaron furiosos, tratando de intimidar a los que estábamos ahí; vi como Gilberto apretó los puños tratando de contenerse y le agarré la pierna para tranquilizarlo. Sabía que mi esposo era un tipo rudo, pero pensaba con la cabeza fría. Me lo había demostrado durante años.

Fabián empezó a relatar hechos, con una voz contundente, diciendo que podía mostrar pruebas para cada acusación de Martha. Los abogados de Martha empezaron a gritar evitando que mi abogado siguiera hablando; traté de mantenerme en mi Plaza de Toros imaginaria. De pronto Martha se levantó, aventó la botella de agua que estaba en la mesa, me volteó a ver y me gritó: "¡Debería de darte vergüenza!", pronunciaba las letras de la palabra vergüenza como si tratara de alargar el sonido de las letras por dos o tres segundos; como si hacerlo fuera a cambiar la realidad. Parecía estar audicionando para un papel de heroína en una telenovela mexicana. Volteé a ver a la asistente del juzgado la cual sostuvo la torta en sus manos viendo a Martha, disimulando una sonrisa con la boca abierta, como si fuera a presenciar la escena más importante de la novela en horario estelar. "¡Ponte a atender a tu marido, sinvergüenza!", lo dijo apuntando a Gilberto con el dedo en cámara lenta. "¡Ponte a atender a tus hijos que tanto lo necesitan, pobres niños de verdad, siento lástima por ellos. Todas las personas que conozco están hartos de ti, ya no quieren trabajar para ti, pero los tienes amenazados, sinvergüenza!". Martha empezó a llorar y sus dos abogados trataron de tranquilizarla.

Gilberto me agarró del brazo, nos levantamos y salimos del cuarto; los abogados gritaron que querían que quedara por escrito que yo había abandonado la conciliación por cuenta propia. Fabián le dijo al Conciliador que las condiciones de la conciliación atentaban contra mi seguridad, Gilberto me subió al carro en la parte de atrás, y mi abogado se subió a mi lado un minuto más tarde. Podía oír el corazón de mi abogado bombeando sangre más rápido de lo normal; me dijo que era hora de negociar, pagarle una parte mínima de la que Martha estaba pidiendo. Me comentó que yo tendría que gastar mucho dinero en validar con peritos especializados que los videos eran reales, tendría que venir al juzgado varias veces, tendría que traer testigos: era un proceso desgastante. Le respondí al abogado de la forma más serena que encontré: "Desde que empezaste a trabajar para mi, ¿cuántas veces me he negado en venir a estas audiencias?".

Fabián pasó saliva y se le dilataron las pupilas; continué en voz pausada, viéndolo a los ojos: "Martha era una prostituta de dieciocho años cuando la encontré golpeada, llorando en una esquina de la plaza. Le ofrecí trabajo, le presté dinero, le enseñé una oportunidad de vivir diferente a lo que había conocido. En tres ocasiones tuve que contratar guardias de seguridad para que sacaran al padrastro de mi salón de belleza, porque iba a buscarla para exigirle seguir trabajando en las calles. Martha trabajó tres años para mí, en las horas que estipulaba el contrato, hasta que empezó a robar el dinero de sus compañeras y volvió a prostituirse. ¿Qué se supone que debí haber hecho? ¿Cuándo fui nombrada embajadora de las causas perdidas?".

El abogado me contempló unos segundos y me explicó que teníamos ya cuatro expedientes abiertos de ex empleadas demandándome. Le contesté que lo que había en esos cuatro expedientes eran mentiras comprobadas, por hechos, testigos y videos; eran personas que trataban de sacar provecho de mí de una forma o de otra. Le pregunté con voz pausada y con frustración: "¿Dónde está la justicia mexicana, Fabián?".

Gilberto dijo en voz alta: "Hemos tenido mucha consideración con esas personas, pero después de oír a esa mujer hablarle a Susana así, se acabó la paciencia. Ya hablamos del monto en específico que voy a asignar para los juicios. A las que robaron dinero les vamos a levantar demandas con pruebas, a las otras dos, le vamos a demostrar que fallaron en cumplir las condiciones que habían firmado y ya se les dio lo que corresponde por ley. Es hora de dejar de engañar al toro con una capa y terminar con este asunto".

Fabián hizo un gesto de aprobación, se bajó del carro y caminó de nueva cuenta a la oficina de conciliaciones. Gilberto me pidió que me pasara al asiento de enfrente para llevarme al salón de belleza. Me dijo que iba a entrevistar a una nueva firma de abogados laborales: "Quiero escuchar segundas opiniones", me dijo.

Llegué a mi nuevo salón de belleza. Las orquídeas adornaban la entrada, se veía iluminado, rodeado de acabados de madera fina, lleno de vida. Tenía un olor a fresco, a nuevo, a primer mundo. Valieron la pena los miles de dólares que invertí para contratar a un diseñador neoyorquino premiado a nivel mundial. Del lado izquierdo había un mueble de madera de cuadros en donde se mostraban los cientos de productos que ofrecíamos para nuestros clientes. Había un mecanismo para mantener tibias las toallas que usábamos, como parte de la comodidad de asistir a este salón de belleza. El sistema de neutralizador de olores evitaba que los clientes olieran los aromas químicos. El salón estaba diseñado como una media luna, la recepcionista tenía una sonrisa contagiosa y estaba vestida de blanco, como si se tratara de un spa.

El diseñador me convenció que el acomodo de los espejos haría que los clientes sintieran una energía positiva: "Son como unos espejos mágicos, ¿los sientes?". Movía los brazos con los ojos cerrados como para jalar la magia de los espejos hacia él; este hombre necesitaba con urgencia un temazcal para que llegaran a él las buenas vibras de los espíritus aztecas. Me puse en medio de los espejos a ver si algo de esa energía positiva podía contagiarme tras todos los eventos que tuve en la mañana.

Empecé a atender mis citas, gente que solicitaba que yo les cortara el cabello. Eran clientes mías desde que empecé, gente que me había seguido por años desde mi primer estética sencilla hasta lo que soy hoy: Una empresaria con cuatro salones de belleza en locales AAA de la ciudad, una mujer que tiene a su cargo ciento veinte empleados. Todavía recuerdo ese primer local, puedo oler a la tierra que tuve que barrer para que estuviera limpio.

Atendí cita por cita, hasta que el sol dejó de iluminar la ciudad y empezaron a verse las estrellas tras el Cerro de Chipinque. Me encantaba ver el Cerro desde mi estética: es majestuoso y nos sirve de protección. Me despedí de la última clienta del salón y vi que llegaron algunas caras conocidas; la recepcionista las invitó a pasar a la cocina. Al último llegó Sara, la mujer que había conocido el día de hoy; me vieron y me saludaron con la cabeza en señal de aprobación. Ya estaban cenando en la cocina cuatro de las cinco mujeres que había invitado en el transcurso de la semana. Sentí frustración al pensar en la mujer faltante. ¿Qué puede ser más importante que ganar una cantidad de dinero aceptable para ella y su familia, y dejar ese salario que apenas le alcanza para sobrevivir? Sentí una enorme frustración por la oportunidad que esa mujer estaba dejando ir.

El reloj marcó las nueve de la noche cuando las mujeres estaban frente a mí. Sin decir una palabra, empecé a cortar el cabello de una modelo, describiendo la técnica que he pulido durante años de práctica; luego agarré la secadora y le empecé a secar el cabello. Después lo empecé a estilizar usando productos de belleza y la secadora de cabello para fijarlo. Cuando terminé el arreglo del peinado, me puse un mandil en la cintura que tenía una decena de brochas de maquillaje. La empecé a maquillar. Las cuatro mujeres vieron con interés lo que hice, y para las once de noche, la modelo ya estaba arreglada en su totalidad. La mujer se levantó y modeló su apariencia perfeccionada con una sonrisa; se le notaba lo cómoda que estaba con el peinado y el maquillaje.

Le agradecí su colaboración, y me dejó sola con las cuatro mujeres. Lo primero que hice fue agradecerles que estuvieran ahí y les dije que esperaba que la cena hubiera sido de su agrado. Les dije que les iba a pagar las horas que habían estado en el salón esa noche, y también les iba a pagar un taxi que las llevara a sus casas. Después me quité el mandil que tenía las brochas de maquillaje y les dije un número, la mirada de todas ellas mostró sorpresa: "Eso es lo que se cobra en este salón de belleza por hacer un servicio como el que acabo de realizar. Tenemos cientos de clientes que visitan este lugar y otras sucursales que tenemos en la ciudad. El cincuenta por ciento de ese número se lo pago a mis empleados, más propinas. El dinero se paga cada fin de semana, y se lleva un cuidadoso conteo de quién hace cada cosa. Las personas que deciden empezar a trabajar en este lugar, lo hacen barriendo, y ayudando a los estilistas más experimentados. Por supuesto, las propinas se comparten. Después de seis meses de trabajo, mando a los candidatos a estilistas a Londres a capacitarse por tres semanas con todos los gastos pagados. Después de eso, la práctica diaria las llevará a ser estilistas experimentadas y poder ganar la cantidad de dinero que se propongan".

La cara de las cuatro mujeres mostró sorpresa. Algunas voltearon a ver alrededor esperando que un camarógrafo saliera y les dijera: "Sonríe a la cámara, esto es una broma", pero no había tal camarógrafo. Les dije: "¿Alguna pregunta?". Por una hora estuve contestando lo que preguntaron, mi ultima respuesta fue a la media noche. Mi asistente les dijo que el taxi las estaba esperando, y acompañó a las mujeres a la salida de la plaza.

Me acerqué a los espejos que prometían una experiencia mágica y agradable. Vi mi cabello y mi maquillaje, vi a dónde había llegado después de tantos años de trabajo. Volteé a ver el bote de gel para el cabello, lo abrí y me puse la crema transparente en el fleco haciéndomelo hacia atrás, con un estilo ochentero tratando de simular un estilo Elvis. Noté cada arruga que había aparecido en mi cara. Agarré el bote de gel, y lo azoté con fuerza contra uno de los espejos mágicos. El ruido fue estremecedor, pero fue insuficiente para callar las hirientes palabras de la prostituta, o para alejar la imagen del ladrón en forma de toro que me trató de envestir en la mañana. Tomé un bote más, y lo aventé. Uno más y lo azoté quebrando en su totalidad el espejo; agarré uno más y cuando iba a aventarlo contra el siguiente espejo, la mirada horrorizada de mi asistente se reflejó, como si estuviera viendo una película de terror. Volteé a ver mi reflejo en ese espejo mágico; parecía otra mujer, una mujer roja fuera de control, una Susana furiosa. En ese momento fui una más de ellas: las que se ven en el espejo y en lugar de darse cuenta de lo que perdieron, atacan con furia mi reflejo como una forma de lidiar con su frustración.

Volteé a ver a mi asistente, señalé el espejo quebrado y le dije tratando de justificar mi conducta: "Quería comprobar si el espejo era mágico". Mi asistente se quedó pasmada sin decir una palabra, me jalé la blusa floreada hacia abajo para volver a ser yo misma, y le dije: "Por favor habla mañana para que vengan a poner un espejo nuevo. Me avisas si baja el flujo de clientes por el rompimiento de la magia", le dije señalando lo que quedó del espejo. Ella se mantuvo inmóvil con la boca abierta, sólo movió la cabeza en señal de aprobación. Agarré mi bolsa, llegué a mi casa y después de un baño de agua fría, me fui a acostar al lado de Gilberto. Se veía tan sereno, tan real, tan humano.

La alarma sonó y apenas tuve unos minutos para decirle a mis hijos lo mucho que los amaba. Gilberto los llevó a la escuela, y después iba a ir a entrevistar con unos proveedores asiáticos de maquillaje que habíamos conocido en el viaje a las Vegas. Me regresé a mi cama y volteé a ver mi teléfono, había varias invitaciones a Primeras Comuniones y un mensaje personal de Estíbaliz Delgado que decía: "Hoy comida en el restaurante de siempre a las dos de la tarde. ¿Vas a llegar puntual?". Estíbaliz era otra mamá trabajadora del colegio y me había pedido acompañarla a comer para platicar un poco más acerca del negocio con unas personas. Le contesté: "Ya lo tengo agendado, te veo puntual a las dos de la tarde".

Me quedé acostada unos minutos más para ver la serie de televisión de las personas que van en un avión y se estrellan en una isla abandonada. He querido terminar de ver la serie, pero cada que la veo, regreso a una escena que me gusta ver una y otra vez: La mujer asiática que se pone a plantar semillas, cuando los demás personajes andan recorriendo la isla en busca de respuestas. Siento simpatía por ese personaje, ¡vaya forma de pensar en el futuro! Me gusta esa filosofía de sembrar en tiempos de incertidumbre. ¿Me pregunto si sus papayas alguna vez le gritaron barbaridades?

El restaurante iba a ayudar a mejorar mi estado de ánimo, vi a Estíbaliz sentada con dos hombres en la mesa central. Nos saludamos con un abrazo, y saludé con cortesía a los dos hombres con los que estaba sentada. Después de comer la carne y las verduras asadas que cocinan en ese lugar, y platicar acerca de los servicios que ofrecíamos en los salones, empecé a comer un espectacular pastel de pistache. Uno de los hombres, llamado Karl me dijo: "Somos los representantes de un fondo de inversión en Estados Unidos, Estíbaliz es parte de nuestro Consejo y nos platicó acerca de ti. Te traje una carpeta con información acerca de nosotros, y de lo que hacemos. En internet puedes encontrar información de varias fuentes acerca de nuestra empresa, por si quieres tener más información. Queremos hacerte una propuesta, pero para hacerlo, necesitamos cotejar algunos datos con empleados de la empresa y tu contador, antes de volvernos a reunir". Agarré la carpeta tratando de mostrar interés, pero estaba perdida en lo que me estaba diciendo; seguí viéndolo a los ojos pensando que el pastel de pistache estaba en espera de que me lo comiera. Me explicó que era su intención empujar mi negocio a un nuevo nivel, pero la validación de datos era algo indispensable. Cuando terminó de hablar le dije que pensaría su propuesta, leería la información y los llamaría en una semana.

Después de ahí me fui al partido de fútbol mi hija en la escuela, vi a Estíbaliz en las gradas y le dije: "¿De qué se trata todo eso?". Estíbaliz me explicó que ese fondo estaba interesado en lo que hacía, y que en su opinión debería escucharlos y evaluar darles acceso limitado a la información del negocio. "Diles lo mismo que puedas decir en una cena, cuando traigas dos margaritas encima, sin que ponga en peligro información clave de tu negocio", me dijo. Mi hija Gigi corrió tras el balón de soccer, pero parecía estar más interesada en el juego de la cancha de al lado. "¡Ve por el balón Gigi!", le grité.

Unos días después acepté darles acceso limitado a la información de mi empresa a los aventureros. Mandaron a media docena de personas a mis salones de belleza, los cuales hicieron preguntas a mis empleados y después de dos semanas de entrevistas, programaron una reunión.

Gilberto caminó a mi lado cuando entramos al edificio en el que nos habían citado, me agarró la mano mientras caminamos por esas oficinas frías y elegantes, dándole la pauta a la velocidad de mis pasos. Nos sentamos y un hombre que parecía Secretario de Gobernación de Estados Unidos, nos dio una breve introducción y presentó un número: "Este es el valor de tu empresa al día de hoy, Susana, según nuestras valuaciones", nos dijo. Nunca fui buena en matemáticas pero esa combinación de números hizo que mi temperatura corporal bajara. Empecé a sentir temblores, mi cuerpo se resistió a mi llamado de calma, hasta que Gilberto agarró mi mano y me transfirió parte de su calor corporal para evitar que cayera en un shock de hipotermia. El hombre explicó cada detalle, pero mi vista estaba perdida entre las comas y los puntos del número inicial. Gilberto hizo preguntas y tomó notas, pero yo estaba negada a volver a la realidad. Después de una hora de ver la presentación, creo haber escuchado palabras y enunciados como: *expansión, Ciudad de México, veinte salones en cinco años, fondeo, mantener un porcentaje de tenencia accionaria, seguir haciendo lo que mejor hacía.*

El hombre que lucía como Secretario de Gobernación me dijo que había poco que podíamos negociar, por lo que me pedía analizarlo como un todo; sólo me darían una oportunidad para aceptarlo o rechazarlo. Yo mejor que nadie sabía lo que eso significaba. Al despedirme traté de sonreír, pero sentí que mi sonrisa lucía como la del organismo cibernético de las películas, que había viajado del futuro a salvar al líder de la resistencia humana. Un poco menos australiano, un poco más mexicana. Gané toda la compostura que mi existencia pudo obtener y me despedí de ellos con un apretón de manos.

En el carro, Gilberto trató de entablar una conversación pero sólo podía elaborar sílabas. Nos mantuvimos sin tocar el tema durante todo el día. Ambos le servimos la cena de los niños, y les preguntamos sobre las tareas pendientes. Cuando dormí a mis hijos, agarré el teléfono, marqué el teléfono de Estíbaliz para que me contestara mis preguntas, pero sus palabras fueron: "Estoy imposibilitada de hablar de eso. Hay conflicto de interés. Consigue asesoría".

Y eso fue lo que hice. Contraté unos asesores que iban y venían con números y escenarios, los aventureros mandaron personas para aclarar nuestras dudas. Gilberto preguntaba y escribía notas, mientras yo mantenía mi sonrisa de organismo cibernético en todo momento. Un día decidí enfocarme en mi agenda sin ayuda de asesores. Hice un cálculo sencillo de las horas que iba a estar fuera de Monterrey, las horas que estaría lejos de los partidos de mis hijos, las horas en las que estarían acompañados por alguien más a la hora de dormir, todo en pro de la expansión. ¿Podría mantener ese ritmo de trabajo? ¿Podría seguir con vida con más intentos de asalto en otras ciudades? ¿Podría dejar de ser mi propia jefa, para convertirme en la máquina de imprimir dinero de alguien más? Me pregunté qué era lo que me faltaba para poder llamarme a mi misma una mujer exitosa. ¿Cuál era el costo que yo tendría que pagar por tener una estética más? Podría contratar cazadores de talento para que me ayudaran a reclutar empleados, pero he sabido durante mi vida que ser escogido es diferente a ser reclutado: Tú escoges, no te escogen. Esa es la base del éxito. Muchas veces quise tomar el camino sencillo y romper esa fórmula, pero he llegado tan lejos que prefiero ponerme mis mismos zapatos planos para caminar, en lugar de empezar a usar un tacón tan alto que me haga perder el equilibrio.

Las siguientes semanas estuvieron llenas de ataques de ansiedad, gritos, reclamos, besos y lágrimas. Un día por la tarde estaba en una piñata de una amiga de mi hijo César, volteé a ver a una amiga que estaba tratando de llamar mi atención: "Susana, ¿estás bien?, es la quinta vez que digo tu nombre, ¿en qué planeta andas?". Parecía compasión lo que vi en sus ojos, algo que no debería estar ahí.

Decidí citar a los aventureros, me senté en la mesa junto a Gilberto, y les dije mi decisión; ellos trataron de esconder su frustración y me preguntaron: "¿Qué es lo que quieres cambiar de la propuesta?". Mi respuesta fue que nada. El hombre que parecía Secretario de Gobernación se levantó, volteó a ver a Gilberto, el cual mantenía una cara sin emociones, me volteó a ver y me dijo: "Pudiste haber llegado a la luna, Susana. Contáctanos si cambias de opinión". Me despedí de su mano helada y le di las gracias por todo.

El calor tropical de mi cuerpo regresó para quedarse cuando los hombres salieron de la sala. Volteé a ver a Gilberto, tenía la misma sonrisa que cuando nació nuestro hijo César, y le dije: "Siempre he sido fan de la gravedad de la tierra". Gilberto me abrazó, salimos de las oficinas y nos fuimos a ver el juego de la final de fútbol de mi hija Gigi contra las niñas del colegio verde. "¡Corre Gigi!", le grité. Mi hija me volteó a ver emocionada porque había dado un pase, y le sonreí. Había mucho que sembrar antes de que cosechara.

La tranquilidad regresó a mi vida. Si de algo he estado segura en mi vida es que la expansión lleva un ritmo; un ritmo de sembrar, regar, y cosechar. El dinero dejó de ser una restricción, ahora se trataba de una cuestión de factor humano y una cuestión de familia; yo conocía mis alcances. Cualquier meta que quisiera lograr, lo podía hacer a mi paso, equilibrando lo que más quiero en la vida. Empecé como pequeña empresaria, ahora tengo un imperio de personas que administrar y hacer crecer, y un número frío estaba lejos de cambiar todo eso. Si ésta oportunidad se presentó, llegarían más cuando mi agenda estuviera lista para lidiar con un ritmo más exigente.

Me levanté al siguiente día sintiendo como la ola calor se negaba a irse de la ciudad. Enrique, mi mayordomo versión Trópico de Cáncer me esperó para llevarme a ese lugar de colores sepia. Me bajé de la SUV con aire acondicionado, me subí al camión y vi a una mujer de veinte años que estaba arreglada con poco maquillaje, pero con cuidado. Trató de secarse las lágrimas, volteando a la ventana, traía una blusa rosa, por lo que era probable que su tristeza fuera por cosas del corazón o del bolsillo. Me puse en el asiento atrás de ella observando sus movimientos, hasta que la mujer que iba a su lado se bajó del camión. Me senté a su lado sonriendo y le dije: "¿Hola linda, en qué trabajas?".

CAPÍTULO 7

ESTÍBALIZ

Volteé a ver el espejo, me gustaba esa blusa italiana en V color roja. La falda negra que portaba estaba bordaba con flores verdes, blancas y rojas que acompañaban su abertura cayendo hacia la bastilla. Me puse unos tacones altos negros en combinación con mi blusa y unos aretes artesanales que compré en Cancún la última vez que estuvimos ahí. "¿Por qué vas vestida tan patriótica?", me preguntó Alberto cuando entré al cuarto con el biberón de leche para Gabriel; mi bebé ya estaba acostado en mi cama. "¿Mi leche?", me dijo Gabriel y sonrió cuando vio el biberón en mi mano. Le sonreí a Alberto y le dije que me sentía en un estado emocional para vestirme de esa manera. Retoqué el labial rojo, y les dije que era hora de irme; Alberto me recordó que teníamos una cena, que era necesario hablarle a la nana para que se encargara de los niños por unas horas.

Me quedé dormida en el avión a pesar del nerviosismo que sentía. Susana me habló la tarde anterior por teléfono, pero yo estaba cocinando pasteles de chocolate con mi hija Christina, y el celular lo dejé en modo de silencio. Me dejó un recado diciéndome la decisión que había tomado; su voz se oía un poco quebrada, me dijo que me explicaría después los detalles, dado que iba a ir a un curso en Canadá. Me dijo que me iba a hablar para invitarme a comer cuando regresara de su viaje.

Cuando vemos el mundo con los mismos colores, las explicaciones son innecesarias, pensé.

Siempre imaginé que las empresas de fondos de inversión estaban en el último piso de un rascacielos. Pero la empresa de Benjamín Peterson estaba situada en un conjunto de oficinas pintadas en colores tenues en un primer piso. Unas oficinas muy estéticas, pero estaban lejos de parecer que estaban en un mundo corporativo capitalista. Vi mi reflejo en los cristales mientras caminé para abrir la puerta. Alberto tenía razón: me veía patriótica, pero me gustó la combinación de colores.

Cuando entré a las oficinas, vi a Matthew que caminó directo hacia mí como demonio para robarme mi alma. Me lo imaginé como un perro Chihuahua ladrándome porque estaba en su territorio. "Lo arruinaste", me dijo con la cara roja y los brazos tiesos pegados al traje a la medida de doscientos hilos que portaba. Parecía que le quedaba ligeramente grande, era como si hubiera adelgazado unos kilos desde la última vez que lo vi. "Buenos días Matthew", le dije sonriendo viéndolo a los ojos. Matthew continuó viéndome con furia y le contesté: "Hace tres meses te negaste a escuchar lo que te iba a decir". Matthew contestó: "Si me llego a enterar que interviniste de alguna forma...". Lo interrumpí de inmediato y mis palabras dejaron ser cordiales: "Me dejaron en claro que me mantuviera fuera de la negociación para evitar cualquier conflicto de interés. Arruinaste la compra, Matthew; espero que algún día tengas disposición para saber cómo gira el mundo en el que vivo".

Matthew se me quedó viendo unos segundos más, se dio la vuelta y se dirigió a la sala de juntas. Le sonreí a Candice, me agrada esa mujer. Tiene por lo menos sesenta años, usa ropa de supermercado, es rubia, con cabello de cazuela con fleco, y tiene una voz de comandante de las fuerzas armadas.

Entré a la sala de juntas y vi que varios de los miembros del Consejo me observaron con molestia; mi mente traía suficiente oxígeno circulando para saber qué era real y qué era ficción. Benjamín empezó la plática: "Primero quiero decirles que nuestro viaje semestral de pesca está programado a las Islas Bermudas. Vamos a la pesca del Marlín Azul en unas semanas". Los hombres se alegraron con la noticia, aplaudieron y dijeron que ya querían que empezara el viaje que les ofrecía la empresa. Matthew volteó a verme y me preguntó si me gustaba la pesca; yo le dije que no. "Es una pena que vayas a faltar a la celebración", me dijo sonriendo. *Seguramente lo consideras una pena,* pensé.

"Vamos a empezar. Considero como eventos desafortunados las dos negociaciones que se nos vinieron abajo. Quisiera saber sus opiniones al respecto", nos dijo Benjamín a todos los que estábamos sentados en la mesa. Karl contestó: "En las dos negociaciones estábamos tratando con mujeres...". Karl me volteó a ver con incomodidad y continuó: "Quisiera hablar con mayor libertad, pero con la nueva integrante del Consejo sentada entre nosotros, me temo que va a ser difícil poder expresarme de forma correcta". Sonreí y le dije: "Por favor Karl, siéntete en libertad de expresar tu opinión sin limitaciones. Piensa que un hombre está sentado en esta silla, eso te debe dar más confianza", los demás se rieron con mi respuesta. *Me encantaría escuchar tus opiniones erróneas y prejuiciosas.* Karl hizo un movimiento de aprobación con la cabeza, se rió y continuó: "Es difícil hablar de números con personas que desconocen sus alcances. Estas dos dueñas de negocio tienen muchos asuntos que resolver, veo difícil se les vuelva a presentar una oportunidad así en sus vidas. Administrar un hogar y un negocio debe ser algo muy complicado", terminó. Por primera vez en todo el tiempo de conocerlo, estuve de acuerdo con él en su última frase.

Mi yo interior imaginario empezó a levantar la mano tratando de llamar la atención, tal y como lo hace Pepito el de los chistes. Era mi momento para echarles en cara sus carcajadas de hace tres meses, pero Benjamín se quedó pensando y dijo que era una lástima, iba a reflexionar acerca de los casos y lo veríamos en la próxima junta. *Pepito el de los chistes* se quedó con la boca abierta y la mano levantada. Se dio cuenta que se negaron a preguntar sobre lo que tenía que decir.

Benjamín dijo: "El tipo de cambio del peso mexicano nos está dando una oportunidad única para poder invertir en ese país, pero la situación política que se vive ahí me hace pensar que sería mejor mantenernos lejos de territorio mexicano. Las condiciones económicas en Estados Unidos van a empezar a mejorar, quisiera escuchar sus opiniones antes de analizar los casos que vamos a presentar hoy".

Matthew agarró el micrófono del karaoke y empezó a cantar como sirena mientras acaparaba todas las luces: "Es conocido por todos mi opinión positiva acerca del nuevo gobierno republicano. Con la mayoría en las Cámaras se pueden echar para atrás todas las políticas socialistas que dejaron los Demócratas...". Las palabras claves fueron: *Echar para atrás*. Matthew continuó: "Las políticas del nuevo Presidente nos van a dar un crecimiento económico significativo, veo con especial interés..." y siguió dando sus perspectivas de crecimiento grandioso. Hablaba con mucha confianza, se veía que conocía bien el tema y los hombres movían la cabeza en señal de aprobación con lo que decía.

Continuó cantando en su karaoke con voz pausada pero firme: "Veo de forma negativa el nivel de corrupción que se vive en México en la clase política. Veo que algunos políticos se están aprovechando para encender esa flama entre la población con menor educación, con discursos demagogos. Los mexicanos tienen un historial de intercambiar oro por espejitos...", los hombres en la mesa se rieron, mientras yo saqué mis guantes de box imaginarios y me los empecé a poner con cuidado. *Espejitos. ¡Qué encanto!,* pensé. Matthew siguió hablando: "Recomiendo esperar el resultado de las elecciones presidenciales de dos mil dieciocho antes de invertir una cantidad que pueda mermar nuestros ingresos". Cuando terminó, algunos de los miembros aprobaron su discurso, hablaron de las perspectivas de crecimiento en Estados Unidos, y sobre cómo podían aprovechar la marea tan alta que se vivía en ese momento.

Mi yo imaginario se levantó de la silla para entrenar con una bata de boxeo color fucsia e hizo un par de ganchos al hígado al aire, mientras los hombres de la mesa se llenaban de la gloria. Tenía un punto de vista diferente, y tenía que decirlo en voz alta tal y como me lo solicitó Benjamín. Cuando todos expresaron sus opiniones, levanté la mano con dignidad y sonreí; era la forma de participar cuando tenía algo que aportar en la sesión plenaria de mi Maestría en Administración de Empresas que cursé en Monterrey.

Matthew puso cara de que algo le había causado ternura y dijo: "Por favor, tenemos a la niña de primer año de primaria queriendo llamar la atención del maestro; adelante Estíbaliz Tres". Le sonreí y les dije: "¿Alguien ha visto las filas de carros en los puentes internacionales México-Estados Unidos?". Los hombres se empezaron a reír y yo continué sonriendo: "Una de mis amigas me dijo que vio cuatro tiendas cerradas en los Outlets, y que apenas pudo ver una decena de personas caminando por ahí".

Los hombres trataron de ocultar las sonrisas de burla de sus caras, pero Benjamín se me quedo viendo sin emoción en la cara, observándome sin parpadear poniendo su atención en lo que les estaba diciendo.

Matthew intervino: "¿Nos quieres platicar de las ofertas en las tiendas de descuento de ropa para bebés? Pensé que ibas a aportar algo más interesante, como que viste al Chupacabras en una fiesta pegándole a una piñata". Matthew juntó las manos y le pegó a la piñata imaginaria en el aire, con cara de sorpresa. Parecía conocer las palabras perfectas para hacer reír a todos en esa mesa, y lo logró una vez más.

"Siete millones de empleos produce el turismo en este país". Conté mis dedos en español en voz alta hasta llegar hasta siete y se los mostré a todos. "Uno punto cinco trillones de dólares en derrama económica por turismo. Voy a evitar hablar de las políticas del nuevo Presidente de Estados Unidos, porque tengo mucho que aprender de algo que no puedo entender. Pero de lo que sí puedo hablar es acerca de las personas que solían venir a gastar su dinero a este país y ahora están buscando nuevos centros de turismo para vacacionar, personas con alto poder adquisitivo". Las risas burlonas se empezaron a disolver y oí en mi cabeza música imaginaria de suspenso en crecimiento: "¿Cuántos oficiales de Migración van a perder su trabajo porque el flujo de turistas disminuyó? ¿Cuántos restaurantes en zonas turísticas van a quebrar porque los turistas se quedaron en sus países o escogieron viajar a París, en lugar de Orlando? ¿Cuántas personas van a perder sus empleos permanentes en esos lugares, para que los negocios puedan sobrevivir?".

Les sonreí y continué: "Alberto y yo fuimos ir a McAllen,

Texas hace unas semanas a hacer un trámite, y cuando me pidió reservar un cuarto de hotel, la aplicación de hoteles por internet me dio una lista interminable de disponibilidad a precios tan bajos que nunca había visto. Nos tomó por sorpresa, dado que dos años antes, en esta misma fecha, era imposible encontrar un solo cuarto disponible en esos hoteles".

Los hombres continuaron mirándome, parecía una invitación para que siguiera hablando. "Nos llegaron promociones para viajar a los principales centros turísticos en Estados Unidos, como súper ofertas que se tenían que aprovechar, por supuesto. Precios que nos sorprendieron, Alberto y yo podíamos agarrar a mis cuatro hijos, a China y a Chona, y el precio total del vuelo nos saldría treinta por ciento más barato respecto a lo que pagamos hace tres años. El tipo de cambio actual debería causar un aumento de precios en pesos mexicanos en esos viajes. Un efecto contrario a lo que están mostrando esas ofertas", les dije.

Sonreí, tomé un trago de agua y continué: "Estoy segura que tienen la fórmula mágica para darle empleo a todas esas personas, porque empleo que se crea, se canta en altavoz; pero en mi opinión, empleo que se pierde por esas políticas destructivas, se mantiene en un hipnótico silencio en el que millones de personas deciden permanecer. Yo creo que eventualmente esos daños llegarán a todos los sectores de la población. Muchos americanos van a perder empleos y esos ingresos que les permitía vacacionar, ahora se van a enfocar a cubrir necesidades básicas de consumo y ahorro. Habrá quien diga que es una fase temporal. ¿Vendrán los franceses a vacacionar en este país? ¿Los árabes? ¿Los latinos? ¿Creen que la Políticas Económicas del Odio son buenas para su turismo?"

"Es más fácil culpar al Chupacabras, que reconocer que las cabras se murieron porque les escupieron a quienes venían a entregarle el alimento", les dije.

Karl quiso hablar, pero cerró la boca y se me quedó viendo con atención. "Tienen todo el derecho del mundo de proteger sus fronteras. ¿En qué parte de la política de protección se encuentra hacerlo de forma humillante para sus vecinos?". Sonreí de forma amarga y les dije: "Nos critican por dejarnos impresionar por los espejitos. ¿Qué hubieran pensado de nosotros, si hubiéramos cambiado nuestra estabilidad económica por ratings?".

Los hombres hicieron sonidos mostrando que mi gancho al hígado había funcionado, tardaron unos segundos en volverse a tranquilizar. Benjamín estaba rojo, por lo que supe que era el momento para bajar la intensidad de mis palabras y continué: "Coincido con un par de políticas económicas del nuevo Presidente, sólo en un par, hay cosas que es necesario cambiar; pero de mi lado del Río Grande las cosas se ven diferentes. En mi opinión es hora de dejar de ver las luces de todos los empleos que se están creando, y tener voluntad para ir a buscar los indicadores de todo lo que están destruyendo, y sobre eso hacer las proyecciones económicas".

Benjamín bebió agua del vaso y nos dijo que era hora de tomar un descanso. Volteó a ver a Matthew y a Karl y les dijo que lo acompañaran a su oficina. Los tres salieron de la Sala de Juntas con pasos firmes, mientras los demás hombres se quedaron congelados en la mesa.

Pensé que era el momento para ir a ver esa pintura que describía la melodía en colores, en lugar de quedarme a jugar esgrima intelectual con el hombre que reaccionara a lo que yo les había dicho. Lo que les había comentado era sólo la destrucción relacionada al turismo, tenía suficiente batería para hablarles de todos los demás rumbos económicos, pero eso fue suficiente *Quid Pro Quo* por la mañana.

Caminé hacia el pasillo donde estaba mi cuadro preferido y vi que en su lugar había un cuadro diferente. Cuando me puse frente a él, vi que era una litografía de un indio con sombrero tomando una siesta en un nopal en medio del desierto. Había dos perros Chihuahua contemplando su descanso frente a un zarape de varios colores. *¡Qué bien me cae Matthew!*, pensé. Estaba segura que llegaría el momento donde veríamos letreros en las calles y en la televisión invitando a estos indios a regresar a sus centros turísticos.

El vidrio de la litografía reflejó mi blusa satinada roja italiana, y mi chongo sencillo hecho hacia atrás. *Si tan solo pudiera hacer que el mundo viera a México a través de estos ojos.*

CAPÍTULO 8

JUANY

Nací en un pueblo de indígenas en el Estado de Hidalgo en México. Crecí hablando náhuatl y español como lenguas maternas, al igual que todos los niños de mi comunidad. En la escuela primaria de mi pueblo había sólo dos maestras; una de ellas faltaba mucho a clases porque siempre le dolía el estómago y tenía que quedarse en su casa a descansar. Recuerdo que mis hermanos y yo jugábamos en las calles con las piedras y cada dos años llegaban los políticos a nuestro pueblo a colgar banderitas de varios colores en las calles y prometer que el hambre se iba a terminar. A mi me gustaba mucho escuchar a esos políticos porque yo siempre tenía hambre. Si lograban darnos de comer a todos los que vivíamos ahí, nuestra vida iba a ser más sencilla. Al oír sus promesas me imaginaba que varios camiones iban a llegar a nuestro pueblo repletos de comida, nos iban a poner una mesa grande donde iba a haber panes de dulce, café para todos, y varios tacos con guisos para que pudiéramos comer y llenarnos.

Los hombres que acompañaban a los políticos nos daban despensas con arroz, frijoles y fideo. Llegaban en camionetas grandes, pidiendo el voto de mis padres para ellos. Cuando se acababan las elecciones yo corría a donde estaban para pedirles que me dieran de regalo las banderitas de colores que estaban colgadas en las calles, para ponerlas en mi cuarto donde dormíamos mis nueve hermanos y yo. "Es basura, ¡dásalas a la chamaca!", dijo uno de los hombres que las estaba retirando del poste. Las banderitas me recordaban que había gente que nos tomaba en cuenta, y les interesaba darnos de comer aunque fuera sólo por unos meses. Mi mamá se la pasó embarazada la mayor parte de mi infancia. A mi papá le gustaba tomar en la cantina del pueblo; trabajaba en los sembradíos que se encontraban a unos kilómetros de donde vivíamos. Sólo comíamos tortilla y algunas veces frijoles. Con las despensas de los políticos, empecé a conocer el atún, la pasta y la carne con salsa. Recuerdo esos días como los más felices de mi infancia, vivir sin hambre era una bendición, y yo sentía que la bendición llegaba con esas camionetas grandes. Pero las despensas sólo duraban unos días, y de nueva cuenta volvíamos a comer sólo tortillas por meses. Mi mamá se enojaba con mi papá porque se la pasaba borracho en la cantina del pueblo, a veces le gritaba que necesitábamos comer; le pedía que dejara de gastar en vino. Mi papá la escuchaba, dejaba de tomar alcohol, pero era cuestión de días para que regresara a tomar de nueva cuenta a la cantina.

El señor que se convirtió en Presidente Municipal empezó a construir una casa grande y bonita; mi papá ayudó en la construcción de la casa y le pagaban dinero por hacerlo. Luego el Presidente Municipal compró camionetas negras; contaba con el respeto de todos a su alrededor, se creía el rey del pueblo. En las fiestas patrias el Presidente Municipal tocaba la campana de la Casa de Gobierno frente a la plaza, y nos servían tacos de diferentes guisos a las personas que íbamos a la celebración. Comía hasta llenarme, hasta que ya no podía más. Algunas veces escondía los tacos y me los llevaba a mi casa; al día siguiente todavía estaban buenos para comérmelos. El cumpleaños del Presidente Municipal también era una fiesta patria, y hacía un festejo en la plaza con un grupo musical. Mi mamá nos llevaba y también nos repartían comida; me empezaron a gustar los cumpleaños de los Presidentes Municipales.

Un día mi mamá le dijo a mi papá que los políticos era unos ladrones, mi papá le gritó que esas cosas no se decían, porque luego el gobierno iba quitarnos el apoyo que nos daba. "¿Cuál apoyo? Nos tienen en la miseria mientras ellos hacen esas fiestas con grupos musicales", le dijo mi mamá llorando. Mi papá se enojó mucho y le dijo que si la volvía a oír hablar así, se iba a ir de la casa. A mí me dio mucho miedo que mi papá se fuera a vivir con otra señora, así que cada que mi mamá empezaba a quejarse del gobierno, yo le pedía que se callara. Cuando crecí, aprendí que había un intercambio de silencio por la carne. A mí me gustaba mucho comer carne, por lo que me quedaba callada y le pedía a mi mamá hacer lo mismo. Había gente que nos entregaba las latas con carne con desprecio, como si fuéramos una molestia en sus vidas. Nunca olvidaré a una mujer que me aventó las latas y me dijo que me fuera de ese lugar; que me pusiera a trabajar si quería más comida. Luego vi cómo las mismas latas que nos estaban dando a las familias, se estaban utilizando para hacer la comida de la fiesta de cumpleaños de la esposa del Presidente Municipal. Ella gritaba que su esposo le había dado de regalo salir de vacaciones, y un vestido nuevo muy caro.

La mayoría del tiempo teníamos un clima agradable en el pueblo, dormíamos con la ventana abierta y sólo necesitábamos una cobija para taparnos. Algunas veces el clima cambiaba, mi mamá nos decía: "¡Ahí viene el norte!", señalando a las nubes blancas en forma de borregos. Eso quería decir que íbamos a tener frío. Nos quedábamos dentro de la casa para evitar enfermarnos, éramos tan pobres que apenas nos alcanzaba para las tortillas. Algunos señores y señoras llegaban al pueblo y nos daban ropa usada, nos decían que esperaban que Dios nos ayudara y estuviera con nosotros. Los señores dejaron de ir cuando unos empleados de la Presidencia Municipal les dijeron que cualquier ayuda tenía que ser canalizada a través de ellos. Me imaginé que la canalización tenía que ver con canal, tenía que ver con que ellos tenían que recibir la ayuda, y luego nos la iban a entregar a nosotros. Nunca entendí bien la canalización, pero cada vez llegaban menos personas a regalarnos ropa usada, o la ropa se canalizaba para alguien más.

Cuando cumplí quince años, mi hermana mayor me dijo que había llegado el momento para irme a trabajar con ella a San Pedro, una ciudad al norte del país donde había mucho trabajo para mujeres como nosotras. Mi mamá me dijo que era hora de ganar unos pesos por mí misma y pidió prestado dinero a sus amigas para que me pudiera ir en camión a la ciudad norteña. La patrona de mi hermana me recibió en su casa y empecé a comer huevo, tortillas, carne y pollo. La señora hacía rendir el dinero que ganaba su esposo, nos pedía que nos alimentáramos con lo que hubiera en la casa, pero con moderación. Si la cuenta del supermercado se empezaba a disparar, íbamos a tener que comer más tortillas y menos pollo.

Me gustaba vivir en esa casa, el señor se quejaba todo el tiempo que la señora gastaba mucho dinero, pero la señora era entrona y le contestaba: "No te equivoques: estoy gastando en alimentos, ¿o me ves usando ropa de marca o zapatos caros?". La señora lograba convencer al señor que estaba cuidando su dinero todo el tiempo. A mí me gustaba la personalidad de la señora, sabía defenderse de todo. Me gustaba comer pollo guisado, cortadillo de carne de res, y rollitos empalizados de atún. La señora me enseñó a hacer los rollitos y me mostró las cantidades de verdura que teníamos que combinar que el guiso rindiera para todos. La señora era muy sabia, yo consumía todos los alimentos con moderación para poder seguir comiendo lo mismo.

El verano llegó a San Pedro, y la señora nos dio un ventilador que nos aventaba aire en directo en las noches. El calor era insoportable en toda la zona conurbada de Monterrey, mi hermana y yo nos teníamos que meter a bañar en la noche para quitarnos el sudor de encima. El calor era lo único que me desagradaba de vivir en San Pedro.

Me encantaba ir a los cines a ver las películas de estreno o a la Plaza Principal de Monterrey donde se juntaban personas que eran igual que nosotras, cada fin de semana. Empecé a comprar ropa para vestirme en algunos de los establecimientos cerca de la plaza, me empezó a gustar ese sentimiento de poder comprarme cosas con mi propio dinero, sin tener que pedirle a las personas. Sin tener que ver esa cara de molestia cuando nos regalaban la comida.

Un día el esposo de la señora llegó preocupado a la casa y le dijo a la señora que debía mucho dinero en las tarjetas de crédito, que era necesario que cortara el gasto, porque los intereses de esa deuda eran muy altos. La señora lo abrazó y le respondió que contara con ella para salir adelante de ese problema. Yo pensé que íbamos a comer menos pollo, pero la señora me dijo que sólo mi hermana se iba a quedar a trabajar con ella. Yo empecé a llorar porque necesitaba el trabajo, pero ella me dijo que tenía muchas amigas y que me iba a acomodar con alguna de ellas. La señora me dijo: "Vas a tener que ser siempre una persona muy honrada Juany. Si algo se pierde en la casa de mi amiga, me van a reclamar por mi mala recomendación. Es importante que seas derecha siempre, eso es lo que va a hablar de ti toda tu vida". Lloré mucho y le di un abrazo agradeciéndole toda la comida que me había dado. Me dio un abrazo y me dijo que si las cosas mejoraban para ella, me volvería a llamar. Yo le dije que deseaba que todo saliera bien con su vida y que las tarjetas del señor se arreglaran.

En menos de dos días yo ya estaba con mi nueva patrona en el sur de la ciudad; una señora común y corriente, que batallaba con el gasto como cada familia que conocía. La primera vez que vi a mi nueva patrona, me pareció que me parecía mucho a ella, con excepción de la cadera, tenía mucha grasa en la cadera. En la casa vivíamos: el patrón, la patrona, Pedrito su hijo de ocho años, Blanquita su hija de seis años, y yo. El patrón hacía todo tipo de trabajos para algunos políticos, era un administrativo trabajando en el gobierno hasta que un día cambió su suerte. Pasó un año completo en una campaña política, y su candidato ganó, dándole un puesto de alta importancia en su gobierno. "Las cosas van a cambiar Blanca", le dijo el patrón a la patrona un día. La señora se puso muy contenta, y dijo que ya era hora que todo mejorara para ellos. El patrón tenía razón: nuestra vida empezó a cambiar en cuestión de semanas. La patrona nos pidió que cubriéramos los muebles con plástico, y que envolviéramos todo con especial cuidado para evitar que algo se dañara en la mudanza. Si se rompía algo, nos lo iba a rebajar de nuestro salario, y yo necesitaba mi salario para poder seguir yendo al cine y mandarle a mi mamá dinero al pueblo para que comiera; así que envolví todo el mobiliario con cuidado.

Nos cambiamos a vivir a una casa bajo la sombra del Cerro de Chipinque. Tenía un patio lleno de plantas de muchos colores. Era un código postal donde se tenía que tener mucha ayuda porque los patios eran muy grandes. Cuando llegamos a la nueva casa, la patrona fue a saludar a sus vecinas, las cuales fueron amables y platicaron con ella; pero cada que mencionaba que su esposo había agarrado un buen puesto político, las señoras le sonreían de forma forzada. Yo sentí que algo les desagradaba cuando la patrona les decía que si necesitaban alguna *palanca*, su esposo podía ayudarlas sólo por ser sus vecinas.

El verano llegó de nueva cuenta a Monterrey y la patrona nos dijo que nos iba a instalar un aparato de aire acondicionado en el cuarto; nombró el lugar donde dormíamos como El Cuarto de la Servidumbre. Todas las mujeres que laboramos en la casa teníamos que usar uniformes del mismo color cada día para vernos profesionales. Ya éramos muchos empleados domésticos trabajando en esa casa para cuidar a los niños o para hacer la limpieza de la casa. La patrona se empezó a poner de mejor humor, empezó a vestirse mejor, a ir al salón de belleza todas las mañanas para que le arreglaran el cabello; cada semana traía un nuevo esmalte en las uñas. Dejó de hablar por teléfono a las amigas que les decía *Manita*, y empezó a hablar con las señoras a las que les decía *Amiga*. Los niños dejaron la escuela al sur de la ciudad, y empezaron a ir a una escuela cercana a donde vivíamos. Las escuelas bajo la sombra de ese cerro eran mejores, según lo que me dijo la señora.

La patrona estaba muy feliz con el cambio; cada día se levantaba de mejor humor, le gustaba la vida que estaba llevando. "Date una arregladita Juany, que te vean decente en las piñatas que vas con mis hijos", me dijo aventándome unos billetes de quinientos pesos. Me explicó que los niños entraron a un colegio diferente, donde había más gente de su nivel, por lo que tenían una imagen que mantener.

Me acordé cuando se tenía que peinar con sus propias manos con una secadora de cabello vieja, cuando nos pedía que apagáramos el aire acondicionado central, porque la luz era muy cara y cuando nos decía que comiéramos más *ligerito* para poder bajar la cuenta del supermercado. Esos días de austeridad acabaron, pero siento una extraña nostalgia al recordar cuando era sólo la empleada doméstica, ahora soy la administradora del personal de la casa, aunque uso el mismo color de uniforme que todas los demás.

"Cuando el dinero llega a tu matrimonio, es de sabios mantenerlo circulando. Tienes que entenderlo bien Juany, para cuando te consigas un albañil", me dijo un día. ¡Vaya que sabía aplicar bien sus consejos!, empezó a usar zapatos nuevos todos los días, nos pedía bajar las bolsas de sus compras de la cajuela a diario, dejó de comprar en la tienda española de nombre de mujer, para comprar el tiendas departamentales de lujo; después abandonó las tiendas departamentales, y empezó a tomar el avión privado para comprar ropa en Estados Unidos. La nueva ropa llenó su clóset, y la patrona le dijo al señor que necesitaba una casa más grande.

El señor pasaba gran parte del tiempo fuera de la casa, pero un día llegó a la cocina con un estado de cuenta de muchas hojas impresas del banco y le reclamó a la patrona la cantidad de dinero que estaba gastando; ella le respondió: "¡Decrétalo Pedro: Hacemos esto por nuestros hijos!". El señor le dijo que tenía que dejar de mostrarle al mundo el ritmo de vida que llevaba, pero ella le dijo que le cumplía sus lujos, o se iba a buscar a alguien más. "¿Has visto a una mujer de cuarenta años con este físico?", le dijo al Señor Pedro moviendo su dedo índice de arriba hacia abajo frente a su pecho. El señor le contestó una serie de groserías que preferí ignorar. La señora estaba muy segura de si misma: "Si la vieja está fea, es porque el marido gasta en otra mujer los billetes que trae en su cartera", le dijo a su hermana por teléfono, la patrona se creía muy sabia para dar consejos a los demás.

Un día llevé a Blanquita a la piñata de una amiga de la escuela. La patrona andaba en Estados Unidos comprando varias cosas para la fiesta de su niño. Nunca olvidaré ese día. Me acerqué a una mesa donde estaban las señoras y una mujer con cabello rojo les dijo a las demás: "El marido es un ladrón, es el encargado de cobrar los moches en el gobierno", parecía que le dolía lo que estaba diciendo. Una señora de cabello negro contestó: "Los niños no tienen la culpa de sus padres". La señora de cabello rojo le contestó: "Ese es el problema Nina, sus hijos no tienen la culpa, ni ella tiene la culpa, la próxima vez nos vas a decir que la sociedad es la del problema. Hazme un favor: cuando veas el pastel de cumpleaños de su hijo, piensa que tu esposo lo pagó con la cuota que le solicitaron cada vez que quería abrir un nuevo negocio. Luego te repites a ti misma que sus niños no tienen la culpa". Me gustaba la señora de cabello rojo, hablaba como si fuera parte de la Liga de la Justicia. Sus palabras resonaron en mi cabeza cuando vi el pastel de dos pisos de Pedrito, con seis capas de colores cada uno, y la opulencia en una piñata para un niño de nueve años. El pastel estaba partido para que se viera el arcoíris que tenía por dentro: quise probar un pedazo pero supe que esa era comida para los niños, no para las nanas que trabajábamos cuidándolos. Por lo menos en las fiestas del Presidente Municipal de mi pueblo nos compartían la comida.

La patrona usó un vestido rojo que atenuaba lo grande que estaba su cadera, me quedé viendo al espejo a ver si mi cadera lucía igual, pero por lo menos en eso, ella y yo éramos diferentes.

Había varios niños en la fiesta pero faltaron muchas mamás, la patrona me comentó que sus nuevas amigas se habían disculpado por el chat una a una, diciendo que tenían otros eventos que ya habían confirmado, sólo asistieron las esposas de los compañeros de trabajo del señor. Ellas estuvieron puntuales y salieron a la hora que se acabó la fiesta. Le dijeron a la patrona que la piñata le había quedado sensacional, y que se divirtieron mucho con los niños. "¿Me puedo llevar más bolsitas de dulces, mamá? A la señora Blanca le sobraron muchas", le dijo un niño. La mamá del niño se disculpó y salió de la piñata regañándolo diciendo que tenía que evitar decir esas cosas. Yo sabía que tenía que guardar silencio para obtener más dulces. El niño salió del salón con solo una bolsa de caramelos.

Esa noche la señora lloró en la cocina tomando una copa de vino blanco: "¿Sabes qué odio más que nada en el mundo, Juany?" me dijo. Yo solté la bolsa de regalos que pesaba por lo menos veinte kilos que venía cargando desde el carro, y le puse atención mientras el sudor me caía por la cara. Ella volteó a verme con lágrimas en los ojos, mientras se le caían las pestañas postizas: "Una sociedad elitista que sólo acepta las mismas caras de siempre, y se niega a aceptar gente *honrada* que trata de vivir alrededor de ellos". La patrona creía en sus palabras porque las repitió en dos ocasiones, como para asegurarse que las estaba diciendo a conciencia. Sus ojos se enfocaron en mi cara para ver si yo estaba de acuerdo con lo que me estaba diciendo. Mis ojos seguían enfocados en ese pastel de seis capas de la fiesta, que me hubiera encantado comer. Las palabras de la señora con cabello rojo retumbaron en las paredes dentro mi cabeza y sentí que empezaron a tener más peso. La patrona creía que ella y el señor que eran gente honrada. ¿Creía que ese dinero era de un trabajo honrado? ¿Se preguntó en algún momento de dónde venía tanta opulencia? ¿Sabía lo que el patrón estaba haciendo, o prefirió mantenerse en la comodidad de la ignorancia?

Esa noche los patrones tuvieron una fiesta en la casa: pude dormir hasta las cuatro de la mañana porque estaban celebrando el cumpleaños del jefe del patrón. "¡No te acabes gobierno de México!", gritaban los invitados de la fiesta mientras chocaban las copas. Las señoras se salieron al patio para fumar y platicar de las nuevas tiendas que visitaron en Estados Unidos. Parecía un concurso de quien había comprado la ropa más cara. "¿Cómo pude comprar una chaqueta de diseñador tan cara? ¡Lo hice, y me siento bien por haberlo hecho!", dijo una de ellas con una risa que se oía como la del Guasón. La patrona le gritó: "Esto es sólo el inicio".

Me sentí miserable al pensar que los vecinos tenían dos bebés recién nacidas, y que el cuarto de ellos daba directo a donde las amigas de la patrona estaban gritando. Recordé las fiestas de los Presidentes Municipales, recordé la opulencia de sus fiestas cuando mi familia apenas sobrevivía comiendo tortillas. Algo cambió en mí oyendo a esas mujeres hablando de sus compras excesivas y lo bien que se sentían por haber comprado esa ropa.

El aire acondicionado en mi cuarto me hizo olvidar el calor insoportable que se vive en esta ciudad en verano, me gustaba tenerme que poner una cobija encima en lugar de estarme despertando en la noche para bañarme y quitarme ese sudor que se esparcía por todo mi cuerpo. Pensé en lo que podía perder si renunciaba a mi trabajo en esa casa. La alarma sonó, tuve que volver a tomar conciencia y me metí a bañar, sentí que estaba haciendo algo incorrecto por trabajar con esa familia.

Llegué a la cocina y empecé a preparar las loncheras a los niños, les calenté dos tacos y puse en unos recipientes de plástico fruta recién picada. La patrona insistió que le pusiera esos jugos vitamínicos que sólo se encuentran en tiendas exclusivas en Estados Unidos, orgánicos, sin azúcar añadido, procesado de forma artesanal. La patrona quería que las maestras supieran que se preocupaba por sus hijos y esos detalles eran perfectos para que ellas vieran que la salud de los niños era lo más importante. Los niños llegaban con notas de las maestras todos los días diciendo que no habían hecho la tarea. La señora les gritaba que tenían que hacerla, pero los niños sólo tenían atención para los videojuegos. Yo le dije a la patrona que estaban llegando más notas de la escuela. Ella me dijo que los niños no necesitaban estudiar: "Les voy a enseñar como ser millonarios. Te aseguro que lo van a lograr sin hacer las tareas, Juany", me dijo la patrona mientras se comía una dona de chocolate, como si la estuvieran correteando para quitársela.

Continué con mis actividades de las mañanas: "Por favor Pedro, déjame ponerte los zapatos" le dije al niño. Pero el niño sólo está interesado en su tableta electrónica, se negó a lavarse los dientes o dejarse vestir. "Es hora de irnos", nos dijo el chofer. Pedro se puso el uniforme y los zapatos con rapidez, se subió a la camioneta con el videojuego en la mano, acompañé al chofer a llevar a los niños a la escuela y luego nos fuimos a comprar fruta al supermercado. Cuando acabamos con los mandados, bajé las bolsas del carro, mientras el chofer se puso a limpiar la camioneta. Justo cuando iba a empezar a cortar la fruta, la patrona gritó mi nombre y subí al segundo piso de la casa.

La vi enfrente al espejo, observando su amplia cadera y acomodándose la faja que se negaba a poner en su lugar la anchura de sus alcances. Iba a salir a desayunar con sus viejas amigas; trataba de "darle vuelo" a su peinado de salón de belleza. Me le quedé viendo y pensé: *La flor de bugambilia pretendiendo ser orquídea.* Vistiendo todo lo que el dinero le podía comprar, sin poder portar todo lo que el mérito le podía vestir.

Algo estaba saliendo de mi garganta, era como si tuviera reflujo que me estaba dejando un sabor amargo en la boca. "Vestido que uso, vestido que deshecho", me dijo la patrona aventando todos los vestidos a la cama. Parecía decirlo con una extraña sensación de gozo. "Toma los que quieras Juany, porque nos vamos a Europa en un mes de vacaciones, y vas a tener que vestir algo decente para que nos vean bien los europeos", me dijo. Observé los vestidos y por un momento me vi convirtiéndome en ella, usando ropa de lujo que la patrona desechó porque ya los había usado una vez, vestidos comprados con los moches que su esposo les estaba cobrando a los empresarios. Me vi maquillándome, peinándome para convertirme en una sombra de la patrona, me vi siendo parte de ese sistema corrupto que lleva tantos años en este país. Un sistema que ya tiene fin y que está a punto de morir.

"No".

Fue lo único que pudo salir de mi pecho, mi lengua me estaba traicionando, pero esto era más grande que mi voluntad. "¿Que dices Juany?", se me acercó la patrona con pasos cautelosos viéndome a los ojos. Tomé aire y le contesté: "No puedo seguir trabajando para usted. En este momento me voy de la casa con la ropa que traía puesta cuando llegué. Todo lo demás se queda aquí", le dije poniendo seguridad en mis palabras, con una voz que nunca me había escuchado a mi misma, pero que me gustó escuchar.

Empecé a sentir cómo algo extraño empezó a correr por mis venas. Parecía satisfacción, parecía adrenalina y esa sensación crecía en mí, me daba energía para seguir por ese camino. "¿Quieres más dinero?", me dijo la patrona con esa voz chillona, agarrando su bolsa y aventándome unos billetes de quinientos pesos arriba de los vestidos desechados. Me le quedé viendo a los ojos, con respeto, porque todavía era mi patrona. Ella subió el tono de voz y me dijo: "Mi padre siempre me dijo que tuviera cuidado de las viejas malagradecidas, por eso nunca saldrás de pobre; yo me encargaré de nadie te contrate en esta ciudad, me encargaré de decirle a todas mis amigas que eres una ladrona. Mi voz es la única que se escucha en este municipio…". Yo sabía que eso era mentira, me di la vuelta y salí de su cuarto. La patrona siguió gritando mientras yo bajé las escaleras con esa extraña sensación corriendo por mis venas. "Si te llevas algo de esta casa, te aseguro que te voy a meter en la cárcel, ladrona", me gritó la patrona. Me quité el uniforme, me puse un pantalón de mezclilla y una blusa que traía el fin de semana; salí del cuarto de la servidumbre con mi bolsa de mano pequeña. Las demás empleadas domésticas me preguntaron qué estaba pasando, yo sólo les dije que tenía que salir de ahí. Ellas estaban preocupadas, pero alcancé a observar una ligera sonrisa en sus caras.

La patrona me agarró del brazo cuando estaba por cruzar la puerta y me dijo: "¿Sabes con quién te estás metiendo?". Yo le respondí: "Si señora, es por eso que me voy de la casa, me niego a ser parte del sistema corrupto que la mantiene". La patrona empezó a gritar: "¡Las urracas gritándoles a sus monarcas!". Me quise mantener callada, pero le respondí: "Soy una muchacha decente, señora. No soy una urraca. Su esposo es un servidor público, y en este país no tenemos monarcas", y salí caminando a pasos firmes. Busqué en internet la palabra monarca cuando llegué al camión, había varias definiciones, pero ninguna de ellas era funcionario gubernamental decente.

Iba respirando un aire de felicidad, un aire muy caliente porque estábamos casi a cuarenta y cinco grados de temperatura. Pensé en la señora de cabello rojo tenía razón con sus palabras. Por alguna lado debe empezar esta sociedad y estaba en mí ser parte de ese inicio. Un país corrupto viene de una sociedad corrupta, los problemas de este país se solucionan cuando cada habitante se niega a ser parte de esa corrupción, y yo di mi primer paso. Esta extraña sensación de satisfacción me llenaba más que el dinero mismo. Esta ola de rechazo a lo incorrecto ya se dio entre la gente de este municipio, y va a avanzar a lo largo del país. Me gusta esta ciudad bajo la sombra del Cerro.

Los políticos que prometen acabar con la corrupción son iguales a los políticos que nos prometían acabar con el hambre del pueblo. Los súper héroes los dejamos para otros países; nosotros tomamos decisiones diariamente en lo individual para poder acabar con ese mal que nos daña más que el hambre misma. Pensé en lo mucho que me agradan las señoras de cabello rojo, las que dicen lo que piensan con valentía, me gustan las convicciones fuertes que se niegan a aceptar lo que está equivocado, y deseo que esa sombra se extienda por todo el país para cubrirlo.

Regresé a mi pueblo, llevé una maleta usada que compré para poder llevarles comida a mi mamá y a mis hermanas. ¿Qué haces aquí?, me dijo mi mamá asustada. Yo le expliqué que había tomado dos semanas de vacaciones para poder estar con mi familia; iba a regresar a San Pedro pronto. Los días de la canícula estaban atormentando a todos los habitantes de la ciudad y yo me había quedado sin aire acondicionado para dormir, pero me sentía feliz de cualquier manera. Mi mamá me dijo que necesitaba trabajar para poder mandarle dinero a ella y mis hermanos, yo le dije había dinero que yo no quería. "Todo dinero es bueno", me dijo. Yo le respondí que había llegado un momento en mi vida donde me di cuenta que eso estaba lejos de ser cierto. Mi mamá se me quedó viendo y evitó decirme algo más al respecto. Sentí que entendió lo que estaba viviendo.

Una de mis amigas me mandó un mensaje de texto y me dijo que su patrona estaba buscando ayuda. Yo le pregunté que a qué se dedicaba el señor. Recibí una llamada de una señora llamada Tanya que me dijo que me invitaba a trabajar con ella: "¿Por qué te interesa saber en qué trabaja mi esposo, Juany?", me preguntó. Era una pregunta difícil de contestar, yo le dije que tenía mis razones muy personales. "Mi esposo trabaja con su papá en el giro industrial, una empresa que fue de su abuelo, y del bisabuelo antes que él". Yo sonreí y le dije que me encantaría trabajar con ella, pero que sólo tenía una referencia de un trabajo anterior, era difícil que mi última patrona me recomendara. La señora Tanya me dijo que le explicara a mi amiga por lo que había pasado en mi trabajo anterior, y me pidió que estuviera en su casa en tres días hábiles.

Preparé de cenar para mi mamá y mis hermanos, un cortadillo de carne de res con mucha carne y verduras. También les hice una sopa de arroz para acompañar el guiso principal. Todos comimos hasta que se acabó la comida. Mis hermanos me dijeron que estaba aprendiendo a cocinar bien sabroso. "Es de las cosas buenas que se aprenden trabajando", les dije. Tomé el agua de limón que sobró en mi vaso, y me fui a sentar a la banqueta afuera de mi casa.

Mi mamá llegó a sentarse a mi lado y me preguntó si estaba bien. Yo le dije que sí, volteé a ver el cielo y vi que se estaba llenando de nubes en forma de borregos. Se iba a venir el frío en pleno verano, pero yo había comprado suficientes suéteres para mí, mis papás y todos mis hermanos con el dinero que había ganado con mi trabajo. Con la honestidad que me mantuve en mi empleo.

Mi mamá volteó a ver al cielo y me dijo: "Ahí viene el norte", yo le contesté: "Con el favor de Dios así será mamá".

CAPÍTULO 9

ESTÍBALIZ

Esas quesadillas fueron insuficientes para el desayuno, puedo sentir el hambre que trata de llamar mi atención. ¿Dónde quedó esa galleta de proteína que promete ayudar a controlar los deseos de comer una torta de pierna de puerco, repleta de aguacate y crema? Mi teléfono timbró y mi asistente me dijo: Es el ingeniero Gabriel Mendoza. Contesté la llamada de inmediato: "Buenos días Ingeniero, ¿cómo está?". El Ingeniero está en la lista de personas que respeto, un hombre de pocas palabras al que hay que escuchar con atención. "Buenos días Estíbaliz. Me imagino que estás ocupada así que voy a ir directo al grano: tengo aquí enfrente a mi cuñada, su nombre es Helena Goertzen, es la viuda de mi hermano Marcos. Necesito que la escuches y la asesores". Apunté el nombre de Helena en mi agenda y le respondí: "Por supuesto Ingeniero, ¿que asesoría necesita?". El Ingeniero contestó: "Recíbela fuera de tu oficina, te lo pido como un favor personal". Le contesté que con gusto la recibía en lugar externo a mi trabajo. Me dijo que su chofer la iba a traer en una hora, por lo que separé una hora para ella en mi agenda antes de la comida. Terminé todo lo que necesitaba hacer en mi trabajo, me fui a la oficina de Alberto y justo cuando me iba a sentar, su asistente me dijo: "Afuera hay una señora que dice que tiene una cita contigo, ¿quieres que la atienda alguien más?". Le dije que yo platicaría con ella en persona.

La mujer lucía como una menonita, blanca, cabello castaño, ojos color aceituna, tenía menos de cuarenta años. Traía el cabello peinado hacia atrás en un chongo, vestida de negro con manga larga a pesar del calor infernal que hacía en la ciudad. Me presenté con ella, Helena me saludó de una forma tímida, le dije que pasara a la oficina y le ofrecí algo de tomar. "¿En qué te puedo ayudar Helena?", la mujer me respondió viendo hacia el piso: "No estoy segura".

Helena siguió viendo hacia abajo mientras yo la observé en busca de respuestas. Agarró su bolsa vieja de cuero negro, y me dio una carpeta con papeles, estaba temblando cuando me la entregó. Abrí la carpeta y vio un estado de cuenta de un fideicomiso, la volteé a ver para preguntarle de qué se trataba pero Helena siguió viendo al piso. La inversión era por una cantidad abismal.

Levanté el teléfono y le dije a la asistente de Alberto que hablara a mi casa para que empezaran a comer sin mí, dado que desconocía a la hora a la que me iba a desocupar. "Dile a mis hijos…" *Que este dragón va a comer fuera de la casa, para que por favor se pongan a perseguir a alguien más con sus espadas. Porque a este dragón le acaba de caer la oportunidad para ganar el premio nacional de tenencia en la próxima Convención Nacional de la empresa, y aunque trata de mantener la cara sin emociones, dentro de ella está bailando con la tambora sinaloense.* "Dile a mis hijos que me voy a quedar un par de horas más en la oficina, que empiecen a comer, por favor". Volteé a ver a Helena y le dije: "Voy a necesitar unos minutos para leer las cláusulas del fideicomiso, ¿está bien?". Ella me contestó que estaba de acuerdo. Leí en dos ocasiones las cláusulas para asegurarme que entendí cada detalle; cuando lo terminé, vi varios estados de cuenta y los depósitos que se habían hecho en los últimos meses, la volteé a ver y le dije: "¿Quieres contarme la razón por la que el Ingeniero Gabriel te pidió que vinieras conmigo? Si me pudieras decir los detalles, podría entender mejor en qué puedo ayudarte".

Helena empezó con su relato con una voz baja y tímida:

Me casé a los diez y ocho años, era sólo una niña a la que le gustaba ir a los bailes y ver como las mujeres bailaban por horas en la Plaza Principal. Siempre me habían dicho que yo era bonita, soy hija de unos padres que elaboran quesos; ellos viven en un rancho cerca de Monterrey, tengo siete hermanos hombres, y una hermana. Somos cristianos, creyentes en la familia y en tener los hijos que Dios nos mande.

Quise interrumpir para decirle que me contara detalles del fideicomiso, los detalles del pueblo en el que vivía se los podía guardar, pero preferí guardar silencio y escucharla con atención.

Cuando cumplí dieciocho años, pensé que tendría la oportunidad de ir a esos bailes, pero mi papá decidió que me casaría con un señor de treinta años, que le compraba los quesos cada fin de semana. Marcos Mendoza se convirtió en mi nuevo esposo, me sacó del pueblo en el que vivía y me llevó a vivir a su casa en la ciudad. Nunca había venido a Monterrey a pesar de que es la ciudad más cercana al pueblo, pero ahí empezó mi vida como la señora Mendoza, Helena Goertzen de Mendoza.

Marcos era un hombre robusto, con piel morena, con mucha grasa en el estómago con el que me costaba lidiar cada que tenía que soportar su peso. Mis primeros días a su lado fueron muy difíciles. La casa en la que vivíamos es una casa chica, y mi vida se centró en hacerle de desayunar, prepararle la comida para llevar, y luego esperarlo en la noche. Sus antojos, sus ronquidos y sus ruidos al masticar la comida, me resultaban repugnantes y un día decidí escapar de la casa cuando él se fue al trabajo. Tomé un camión hacia mi pueblo, para regresar con mis papás. Al llegar a la casa de mis padres, mi mamá me preguntó por qué estaba ahí, yo le comenté que me quería des-casar; me desagradaba el hombre con el que dormía, empecé a llorar, y le dije que quería regresarme al rancho con ellos.

Mi madre me llevó al establo a escondidas y me empezó a contar historias de mi padre y de ella; historias que hubiera preferido nunca escuchar, que me hicieron saber que mi madre y mis tías habían recorrido un camino igual al mío. Mi madre me dijo: "Perdóname Helena por hablarte de esto hasta ahorita, tu vida hubiera sido más sencilla". Ella y uno de mis hermanos se subieron al camión conmigo, me regresaron a mi casa, y mi madre me dijo que nunca más volviera a salir sin el consentimiento de Marcos, o ella se lo diría en persona.

Le sonreí tratando de parecer empática, el matrimonio es algo difícil, lo debe ser en especial para una niña de dieciocho casada con un señor de treinta. Le pedí que continuara con su relato:

Nunca me volví a escapar. Marcos traía huevos, verduras y frutas a la casa; me pedía que se las preparara: "No hay dinero", me decía de forma diaria. Se lo creí. Para lo único que sí había dinero era para mantener prendido el aire acondicionado, porque los calores de Monterrey son infernales. Yo me sentaba en un sillón afuera de la casa, hasta que Marcos llegaba y prendía el aire para cenar y poder dormirnos. Me empecé a acostumbrar a los ronquidos, mi estómago empezó a crecer y supe que estaba embarazada. Nació Marcos junior y con él una esperanza para mi vida. Marcos me pidió que dejara de amamantar al bebé cuando acabó la cuarentena, mi periodo nunca regresó y mi vientre empezó a crecer de nueva cuenta. Nació Diego y se convirtió en la cosa más preciada en el mundo. Mis hijos se parecen a mi, tienen mis ojos y mi sonrisa. Tienen el cabello negro y rebelde de Marcos.

Helena se hizo hacia atrás en el asiento, y me empezó a ver a los ojos.

Una tarde empecé a sangrar y pensé que era algo normal, al día siguiente el sangrado se hizo más intenso. Le dije a Marcos que tenía un problema de salud y me dijo que no había dinero para gastar en doctores. En la noche me dio una calentura fuerte, Marcos se asustó de ver tanta sangre, me llevó a un hospital público del Seguro Social Mexicano. Me tuvieron por tres horas esperando a que mi turno llegara, y cuando un doctor me revisó, me dijo que necesitaba otros estudios para saber lo que tenía. Pudo ser la calentura, pero me pareció que el doctor tenía acné y su voz era todavía aguda. Yo le dije a mi esposo: "Por favor Marcos, llévame a un hospital privado donde me puedan hacer los exámenes". Pero Marcos fue a pelearse con el jefe en turno del hospital gubernamental, y yo sentí que me quedé dormida en la silla.

¿El hombre tacaño la llevó a un hospital público en lugar de llevarla con un ginecólogo?

Vi los rayos de sol de la mañana siguiente, el dolor era insoportable, la enfermera llegó y revisó el suero, yo me sentía mareada. "¿Qué me pasó?", le pregunté a la enfermera. Ella me contestó que yo tenía que hablar con el doctor, y me dejó sola. La siguiente vez que me desperté mi mamá estaba en la silla llorando, con una Biblia en la mano. Mi mamá me dijo que había tenido un problema en la matriz, y me la habían tenido que retirar porque me estaba desangrando. Mi mamá me dijo: "El Señor te dejó dos hermosos hijos para el resto de tu vida". Las siguientes horas las dedicó a leerme frases de la Biblia, quería que encontrara consuelo en ellas, pero el dolor físico me seguía torturando. Le pregunté a mi mamá por Marcos, ella me dijo que tuvo que ir a trabajar; era importante tener dinero para sostener a su familia.

Regresé a la casa, Mi mamá se quedó unos días conmigo para ayudarme en la limpieza de la casa y hacerle de comer a Marcos. Mi esposo estaba enojado por tener que alimentar una persona más en la casa. "¿Sabes cuántas tortillas se comió tu mamá en el desayuno? ¡Voy a tener que trabajar más para mantenerla! No hay dinero para ella". Me mortifiqué y le pedí a mi mamá que regresara al rancho. Cada tercer día yo tenía que tomar varios camiones para llegar al hospital público, para hacer mis revisiones cada semana. Marcos me apuntó las rutas que tenía que tomar y me dio dinero para pagar los camiones. Con el tiempo sané, gracias a la gloria de Dios, y empecé a llevar mi vida normal.

¿El Ingeniero Gabriel dijo que era viuda? Volteé a ver el monto de dinero invertido en el estado de cuenta y me dije a mi misma: "Espero que sea viuda". Parecían depósitos continuos durante años. Marcos tenía años ganando esa cantidad de dinero.

Mis días al lado de Marcos empezaron a mejorar, mis hijos empezaron a ir a la escuela pública que estaba cerca de nuestra casa. Marcos quería que les hiciera de cenar, que los durmiera temprano y me fuera a acostar a su lado. Cuando empezaron la primaria, Marcos dijo que quería que los niños dejaran la escuela para que se fueran a trabajar con él a la Central de Abastos. Marcos compraba fruta y verdura, y decía que la escuela era un desperdicio. En una ocasión, le comenté a mi mamá lo que estaba pasando, y le dije que yo quería que mis hijos pudieran escribir, leer y tener una buena educación escolar. Fue cuando mi mamá me dijo la frase más brillante en el mundo: "Tú tienes el poder de la tortilla caliente". Y me explicó la fórmula: tenía que servir la cena y mantener las tortillas en el comal, Marcos estaría a la espera de la tortilla caliente para servirse el queso, y al yo dársela, le tenía que comunicar mis preocupaciones. Yo le dije a mi mamá que nosotros cenábamos frijoles, porque el queso era muy caro. Mi mamá me explicó que el relleno era irrelevante, lo importante era la tortilla caliente: "Es una fórmula bendita", me dijo mi mamá, ¿o conoces a alguien que coma tortillas frías?".

La fórmula de la tortilla caliente, la apunté en mi agenda. La madre de Helena parecía una mujer sabia y Alberto come muchas tortillas en mi casa.

Mis días de gloria empezaron, porque Marcos cenaba muchas tortillas. Hice mi primer intento: "Los niños están preocupados por lo que les dices, me gustaría que los dejes de amenazar con sacarlos de la escuela". Marcos solo dijo que sí con la cabeza, siguió enfocado a comer su taco, y evitó volver a mencionarles ese asunto a mis niños. Una nueva tortilla empezó a inflarse en el comal y cuando se la di, le dije: "Quisiera comer más carne, y menos frijoles, puedo preparar carne deshebrada para la cena". Marcos dijo que sí con la cabeza mientras se comía la tortilla. Para las cuatro de la tarde del día siguiente me mandó un paquete de carne con uno de sus empleados. Mi mamá era muy sabia y yo estaba muy contenta con la comida que teníamos en nuestra casa.

Marcos se empezó a llevar a los niños con él a trabajar los sábados y domingos. Los despertaba a las cinco de la mañana, yo les hacía el lonche y les preparaba el desayuno. Llegaban hasta las seis de la tarde, yo les preparaba de cenar y se dormían de inmediato por el cansancio. En una ocasión Diego me dijo que la espalda le dolía mucho, le puse una pomada con olor a eucalipto, y le empecé a sobar la espalda. Yo le dije a Marcos que los niños estaban muy chicos para estar trabajando con él, Marcos me contestó que tenían que trabajar para poder comer, era bueno que cargaran cajas y las pusieran en los tráileres, así tendría que pagar menos sueldos a los cargadores. Me arrepentí de haberle dicho eso cuando estábamos acostados en la cama, sin el poder de la tortilla caliente. Me acordé de mi mamá y supe que había cometido un error.

Mis hijos reían mucho, jugaban entre ellos con los carritos que les prestaban los vecinos, se contaban chistes y yo me reía con ellos con todo lo que hacían. Vivíamos en la pobreza, pero teníamos comida, que era lo importante. Cuando llegaba Marcos mis hijos se callaban y se ponían a hacer sus tareas pendientes o se ponían a leer un libro que les habían encargado en la escuela. Me gustaba mucho escuchar como leían, eran muy buenos estudiantes.

Un día a Diego se le ocurrió gritar que las tareas de la escuela eran aburridas, que él quería jugar fútbol, Marcos lo agarró del brazo y le gritó: "Si escucho una vez más eso, te voy a sacar de la escuela y te vas a ir a trabajar conmigo a la Central de Abastos".

Me empezó a caer un poco mejor el tacaño, es importante que los niños tengan responsabilidad aunque sus amenazas carecieran de sustento. Pensándolo bien, ¿carecían de sustento? Seguí poniendo mi atención a Helena.

Eso bastó para que cada día, hicieran la tarea antes de seguir con sus actividades. Los niños jugaban fútbol en las calles, y el fin de semana se iban a trabajar con su padre. Un día nos mandaron llamar de la escuela, y las maestras los describieron como los alumnos perfectos, siempre cumplían con su tarea, se portaban muy bien, decían gracias y por favor, consideraban que estaban muy bien educados. Yo le di gracias a Dios por haberme mandado esos ángeles a mi vida. Lloré por varios días pensando en que Dios me pudo mandar más ángeles, pero mi cuerpo estaba imposibilitado para tener más hijos.

Sentí que quería llorar. Lo que se pudo haber evitado por pagar por un ginecólogo, pero me mantuve escuchando la historia de Helena con atención.

Mis hijos me comentaron que Marcos compraba y vendía frutas, verduras y chiles, que recibía mucho dinero por esas transacciones, y pensaban que podíamos comer mejor, por lo que empecé a aplicar mi poder de la tortilla caliente, solicitándole pollo y pescado para preparar más cosas. Marcos me dijo que sí con la cabeza mientras se comía el taco. Empezó a llegar diariamente un muchacho con paquetes de comida para la cena y yo le hablaba por teléfono a mi mamá para pedirle nuevas recetas. Mis hijos estaban muy contentos porque empezamos a comer mejor y me daban las gracias todos los días por mi esfuerzo en la cocina. El trabajo de Marcos se empezó a intensificar; cuando terminaba de cenar, agarraba el teléfono y se comunicaba con unas personas, estaba enojado, sumaba en una calculadora vieja, y decía números seguidos de la letra k: 100k, 500k; negociaba precios y les decía que aceptaban o se les iba a echar a perder la cosecha. Yo le pedí que mantuviera el trabajo fuera de nuestra casa, pero él me dijo que no había dinero, que tenía que trabajar más para poder seguir comprando el pollo y el pescado que me estaba mandando con el chofer. Para mí era importante darle de comer a mis hijos, por lo que evité volverle a decir algo acerca de trabajar en nuestra casa después de la cena.

Hace tres semanas fue un día nublado pero muy caliente, Marcos salió de mi casa rumbo al trabajo, y una hora más tarde, mi cuñado Gabriel me habló para decirme que mi esposo había tenido un accidente, Marcos falleció. Me quedé sin poder decir una palabra, me desagradaba su olor a ácido, me desagradaba escucharlo gritar, estaba muy pesado, pero yo lo quería mucho, era mi esposo. Gabriel se encargó de todos los preparativos para el funeral, yo agarré la única ropa negra que tenía, y nos fuimos al velorio. Muchas personas nos vinieron a dar el pésame y yo abracé a mis dos hijos cuando lloraron y me preguntaron qué íbamos a hacer sin su papá. Dormí muy poco esos días, pidiéndole a Dios que me dijera qué podía hacer y me pusiera a las personas indicadas en mi camino. Mis hijos estaban muy tristes, pero yo me mantuve fuerte para evitar que ellos se derrumbaran. Estaba preocupada porque no había dinero, según lo que Marcos me decía todos los días.

Lo siento mucho Helena, le dije agarrándole el brazo. Marcos podía ser un tacaño, pero era su esposo. Ella continuó con su relato:

Dios me escuchó. Un señor llegó a mi casa tres días después de la muerte de Marcos, me dijo que era el notario y sería el encargado de administrar algo llamado: la sucesión testamentaria. Me quedé repitiendo las sílabas de esas dos palabras por cuatro minutos. Las sílabas se separaban en el aire para ayudarme a comprenderlas hasta que la mirada del notario me solicitó ponerle atención. "Usted es el fideicomisario en el fideicomiso que Marcos creó para proteger sus bienes; necesitaré un par de días para que el dinero y las acciones de la comercializadora queden a su nombre".

Se trataba de dinero, sí había dinero.

El notario, un banquero de inversión y un apoderado del fideicomiso llegaron a mi casa con unos papeles, el banquero de inversión me preguntó qué porcentaje quería dejar en recursos líquidos. Yo no sabía que era eso, pero le pregunté: "¿Cuánto dinero tengo?". El banquero me enseñó un saldo en un estado de cuenta: Había más ceros en la inversión que mi numero de hermanos. Le pedí que me leyera cuánto era el saldo, él se les quedó viendo a los demás y me lo dijo en voz alta. Pensé que mi corazón me estaba fallando pero logré controlarme. "¿Ese dinero está en pesos mexicanos?", le pregunté. El banquero me dijo que sí.

Gabriel, mi cuñado, habló conmigo, me convenció de venderle la empresa a un precio justo. Si Marcos estaba muerto, las personas iban a querer aprovecharse de mí, era un negocio para gente ruda. Mis hijos me dijeron que Marcos tenía la comercializadora de frutas, verduras y chiles más grande de México, y que era buena idea que la vendiera para que ellos pudieran seguir estudiando. Ellos estaban muy jóvenes para manejarla, y yo quería que siguieran estudiando. Yo le dije a mi cuñado que sí se la vendía y Gabriel me dijo que era la mejor decisión que podía haber tomado. En dos horas tengo que ir a firmar la venta, y me van a depositar un dinero en mi cuenta. Mi problema es que ya se me acabó toda la comida que tenía en la alacena y yo no tengo idea de cómo poder sacar el dinero de ese papel. Sólo me sobran dos paquetes de atún, y no se qué voy a hacer para darle de comer a mis hijos, porque Marcos era la persona que se encargaba de todo.

Helena empezó a llorar. ¿Van a depositarle más recursos a esta cuenta, y tiene dos paquetes de atún en su alacena? Se me partió el corazón al oírla llorar de esa manera. Parecía como si estuviera oyendo llorar a una niña de ocho años; me fui a sentar a su lado, y la abracé hasta que terminó de llorar. Me dijo que decidió ir a la oficina de su cuñado para preguntarle cómo podía comprar comida, pero él estaba muy ocupado para atenderla y le dijo que yo la iba ayudar.

El trato de la comercializadora parecía estar hecho. Dudé que el Ingeniero Gabriel me estuviera pidiendo revisar las valuaciones de la empresa, él me dijo que era un asunto personal. Yo le dije a la mujer que estaba llorando al lado mío: "Helena, voy a hacer unas llamadas para que se encarguen de mis hijos en la tarde, y yo pueda llevarte a tu junta y a un par de lugares. ¿Estás de acuerdo?". Volteó a verme con una sonrisa y me dijo que sí. Salí de la oficina y hablé a mi casa para dejar todo listo. Iba a faltar al juego de fútbol de Alberto mi hijo, le dije a mi esposo que era probable que estuviera toda la tarde ocupada, pero que en la noche lo veía para cenar tacos. Con muchas tortillas calientes.

Le dije a Helena que estaba lista. Le pregunté a qué hora era la cita, y dónde estaban sus hijos. Fuimos a comprar unos paquetes de pollo característico de la ciudad, nos lo dieron en bolsas amarillas con frijoles y sopa de arroz y nos fuimos a donde estaban sus niños.

Y ahí estaba frente a mí: la casa blanca de cuarenta y ocho metros cuadrados de construcción. Sus dos hijos estaban sentados en un sillón viejo, y se levantaron en seguida a saludarme con respeto. Eran unos muchachos con cabello negro y ojos color aceituna, altos y muy atractivos, con ropa sencilla y el cabello muy corto. Se parecían a ella. Me puse a pensar qué sería del mundo cuando estos niños anduvieran conduciendo un carro italiano por las calles de San Pedro, con una tarjeta de crédito negra en la cartera.

Helena les dijo que yo era su amiga y los iba a ayudar. Comimos en completo silencio; me podía imaginar que así pasaban los días con su padre. Nos comimos los tres pollos completos con la sopa de arroz y los frijoles. Luego les dije que nos tenían que acompañar a unas vueltas.

Cuando llegamos a las oficinas del banco que llevaba el fideicomiso de Marcos, les pedí a los hijos de Helena que se sentaran en la sala mientras atendíamos un asunto pendiente. En una sala privada ya nos estaban esperando el notario, el banquero que atendía su cuenta, el apoderado del fideicomiso y el Ingeniero Gabriel Mendoza. Les di mi tarjeta de presentación a los banqueros y reaccionaron con molestia. El notario le explicó a Helena los términos del contrato, hicieron la venta de la comercializadora, firmaron los papeles necesarios y el Ingeniero le dijo que la venta se había realizado con éxito. Se despidió de nosotros, y dijo que tenía mucho trabajo que hacer, porque no había dinero, había que ganarlo; el notario también se despidió, y nos dejaron con el apoderado del fideicomiso, y el banquero.

Le sonreí al hombre que estaba atendiendo la cuenta y les pregunté cómo estaba invertido el dinero. El banquero volteó a ver a Helena, ella le hizo una seña que podía decirme los detalles, y me dieron unas hojas con la composición de la cartera. Me dijo que los recursos de la venta de la comercializadora se iban a traspasar en ese momento. Puse en la hoja la instrucción cómo se debían invertir esos recursos, dejando en veinte por ciento líquido para que Helena solventara sus gastos, le apunté las características de los instrumentos de inversión y los porcentajes en cada uno de ellos. Le pregunté al banquero si podía conseguirle una chequera, tarjeta de débito y crédito; me dijo que en cuarentaiocho horas podían estar listas si ponía una inversión de respaldo. Helena carecía de historial de crédito. "También va a necesitar dinero en efectivo", le dije. El banquero me dijo que podía retirarlo en ese momento del primer piso.

El banquero se levantó de su asiento y me dijo: "Quiero que sepas que Don Marcos Mendoza, que en paz descanse, nos nombró administradores de su dinero, por lo que el dinero se tiene que quedar en este banco". Me empecé a reír a carcajadas y le dije: "¡Cositas mil!", mientras observó mi cara con desencanto. *Estar en esas juntas con Matthew y sus Minions me estaba convirtiendo en una mala persona.* Luego le dije sonriendo: "Leí en las cláusulas del fideicomiso. La administración se tiene que llevar con ustedes, pero la inversión se puede hacer donde Helena quiera". Los dos hombres tragaron saliva. Luego les dije: "Vengo como amiga de Helena, no tengo intención de llevarme sus recursos, a menos que me convenzan de lo contrario". *¿Acabo de decir eso?* Los hombres se me quedaron viendo unos segundos, y dijeron que el dinero en efectivo iba a estar listo en el piso de abajo en unos minutos. Mi premio anual se fue volando como globo de helio en la playa, escuché unas voces en mi cabeza abucheándome, diciéndome que me retractara de inmediato de lo que acababa de hacer. Pero algo me ha quedado claro después de casi dos décadas de trabajo: Hay dos tipos de inversionistas, el que entiende lo que hace, y quien piensa que si gana dinero fue gracias a la Virgen María, y si lo pierde es culpa del asesor. Así que la administración de carteras de amigos se mantiene lejos de la amistad .

Helena tardó quince minutos en firmar el cheque, decía que se sentía muy nerviosa. Luego le empezó a dar explicaciones a la cajera del banco: "Quiero cuidar los recursos de mi esposo, yo lo quería mucho cuando se murió, sé que no hay dinero, pero necesito comprar comida". La agarré del brazo y le dije en voz baja: "Helena, evita darle explicaciones a las personas. Éste es tu dinero y tu decides que hacer con él, nadie te pedirá explicaciones al respecto". Ella se me quedó viendo con miedo, retiró el dinero y lo metió a su bolsa vieja de cuero.

"Muy bien, empecemos" le dije. Le hablé a mi amiga corredora de bienes raíces y le dije que la veía en su oficina: "Te presento a Helena, Marcos y Diego, andan en busca de una casa bajo la sombra de este Cerro", le dije. Habló con ellos y les mostró unas propiedades en la pantalla, mientras Helena le dijo que estaban muy bonitas pero no sabía si podía comprarlas. "Claro que puede comprarlas", le dije a mi amiga la corredora. Los hijos de Helena empezaron a opinar en voz baja acerca de las casas, luego sus hijos empezaron a sentirse más confiados de expresar sus opiniones, se veían contentos viendo los cuartos tan amplios que había en esas casas.

Cuando salimos de ahí los llevé a una agencia de viajes, después al Centro Comercial y al supermercado. Helena se sentía nerviosa cada vez que tenía que pagar, se sentía culpable por estar gastando el dinero de su esposo. Yo me puse enfrente de ella y le dije: "Vas a regresar con tus papás hoy Helena, a dormir con ellos hasta que encuentres tu nueva casa". Helena me dijo que tenía que vivir el duelo por su esposo, yo le dije que lo viviera vestida de negro en otro código postal. "Cuando tu banquero te diga que ya te gastaste ese veinte por ciento, me hablas y platico contigo acerca de moderar tu estilo de vida", le dije.

Helena y sus hijos pasaron dos semanas con sus papás en el rancho, luego encontró una casa con un patio grande bajo la sombra del Cerro de Chipinque donde pudo sembrar sus plantas en el patio. Unas semanas después me mandó una foto por chat de sus hijos en un parque de diversiones en la Ciudad de México. Ella seguía vestida de negro. Me dijo que le gustaba ver sonreír así a sus hijos. Me mandó un foto en la Torre Eiffel, luego le siguió un crucero por el Mediterráneo.

Me escribió a los dos meses diciendo que su hijo Marcos iba a una preparatoria de mucho prestigio en Monterrey. "Te quisiera invitar a comer para platicar cuando regrese a San Pedro. Puedo comprar pollo para comer", me dijo. *Por supuesto que lo puedes comprar linda*, pensé. En su foto de perfil en el chat estaba ella con sus dos hijos al lado de la estatua de la sirenita en Copenhague. Ella vestida de negro con una sonrisa tímida y sus hijos con unos pantalones de mezclilla que parecían muy costosos. Me dio gusto que estuviera disfrutando la vida con sus hijos; el color de su vestido mostraba el dolor que todavía sentía por haber perdido a su esposo. Pensé en lo contenta que me sentiría cuando me contara su odisea.

Alberto entró al cuarto cuando estaba viendo la foto de Helena en su perfil del chat y me preguntó qué estaba haciendo. Yo le conté acerca de Helena y los viajes que estaba haciendo alrededor del mundo. Se quedó sorprendido con el relato, y me dijo que le daba gusto que la pude ayudar a continuar su vida sin vivir bajo la sombra de Marcos. Luego me contó que Candice le había hablado por teléfono. "¿La secretaria de Benjamín Peterson?", le pregunté. Alberto me dijo que contestó la llamada cuando estaba una junta, y se escuchaba mucho ruido. "Me dijo de una forma pausada que Benjamín y Matthew me invitaban de pesca a las Islas Bermudas. Parecía que se lo estaba describiendo a una persona con retraso mental. No-tienes-que-pagar-nada", le dijo Candice, mientras Alberto le contestó: "Gra-cias Can-dice". Me imaginé perfecto a ese corte de cazuela con fleco hablándole al teléfono de frente, palabra por palabra, para explicarle a mi esposo que lo habían invitado a la celebración semestral de la empresa. "Preferiría que te quedaras aquí; son personas diferentes a nosotros, te puedes sentir incómodo", le dije. Alberto me contestó: "Vamos a la pesca del marlín azul, por supuesto que voy a ir. Voy a organizar mi agenda para poder asistir".

Me quedé pensando en el tipo de bromas que iba a recibir de esos desalmados, pero Alberto ya había tomado la decisión. Poco se podía hacer al respecto. Me arrepentí de habérselo pedido en ese momento, en lugar de decírselo en la cena, cuando le estuviera sirviendo la tortilla caliente.

CAPÍTULO 10

TANYA

¡Increíble!, ahora tengo que darles mi currículum familiar a las candidatas a empleadas domésticas. Sólo faltó que la mujer me preguntara si era miembro de algún club deportivo para poder tomar la decisión de venirse a trabajar con nosotros. ¡Algo anda mal en este mundo!

Mi nombre es Tanya Villarreal-Smith, tengo treinta y dos años, y nací para ser madre de familia. Soy hija de un industrial regiomontano y de una mujer que se encargó de hacernos saber que el mundo es un lugar digno para vivir. Esa mujer es mi madre, de la que me siento muy orgullosa; una mujer hermosa, cálida y muy sabia. Mi mamá es una ciudadana americana, la cual, en los años setentas conoció a mi papá y dejó su trabajo como enfermera en Estados Unidos para casarse con él. Mis hijas, mi hermana y yo, nos parecemos a ella: la diferencia es que crecimos hablando español. Nos negamos a hablar el inglés de Alabama con el que se comunicaba con nosotras a diario. "Nosotras somos republicanas, nosotras somos Hijas de la Revolución Americana, y nosotras comemos okra frita", nos ha dicho desde que éramos niñas, señalando su corazón cada vez que lo decía. Era una cuestión de identidad familiar. Si fuera por ella, podría revivir a Ronald Reagan para que volviera a dirigir a nuestro país.

Mi mamá se lamentaba porque sólo pudo tener dos hijas, pero

la vida le está dando una nueva oportunidad con sus nietas. Mi hermana también tiene dos hijas, por lo que mi madre tiene cuatro princesas en total para enseñarles a cocinar el pudín de plátano que le enseño a hacer su mamá, y con las que está haciendo un segundo intento para que puedan hablar inglés como lengua materna. "Se irán a vivir a Estados Unidos en algún *tiempo*", me dijo un día. Yo la corregí: "En algún *momento*, mamá". Tiene treintaicinco años en este país, y todavía habla de una forma graciosa.

Me casé cuando tenía veinticinco años de edad, con el novio que tenía desde la preparatoria. Tenemos dos hijas: Tanya de seis, y Patricia de cuatro años. Soy una mujer católica, del tipo que lleva a sus hijas a las siete veinte de la mañana a la escuela, para poder llegar puntual a misa de ocho. Mis hijas llegan a la escuela temprano y tienen cuarenta minutos para poder jugar en las áreas libres. Mi mamá me enseñó que tenemos mucho que agradecer por las bendiciones que Dios ha mandado a nuestra vida; ir a misa y ser una buena cristiana es mi forma de ser una buena mujer para mi familia y para el mundo.

Carlos Martínez-Juárez es mi esposo, un hombre de treintaitrés años, el cual trabaja con su padre en la empresa que fue de sus abuelos. Su papá contrató unos asesores muy distinguidos que le dijeron que su empresa podría ser más rentable si implementara un despido de veinte por ciento de su personal y si lograba que los empleados fueran más eficientes. Mi suegro les agradeció su asesoría y permaneció con su misma plantilla de trabajadores, invitando a tomar jubilaciones anticipadas a quienes lo quisiera hacer, o dejando que el flujo normal de renuncias bajara el número de trabajadores. "Tenemos una deuda con esta ciudad, Carlos; tenemos que regresar la plusvalía que tenemos; llegará el Señor a ajustar cuentas, y más nos vale ser de los que multiplicó lo que nos dio", le dijo mi suegro.

Carlos tiene temor de Dios y temor de su padre. Cuando nos casamos, nos fuimos a la luna de miel tres semanas al Mediterráneo y después llegamos a nuestra nueva casa en San Pedro. Mi suegro le dejó claro a Carlos que la hora de entrada a la empresa era a las ocho de la mañana. Si quería ser parte de ella, tenía que llegar diez minutos antes de esa hora; por lo que todos los días me levanto temprano para hacerle de desayunar para que siempre esté a tiempo en su trabajo.

El ocho de Noviembre del dos mil dieciséis viajamos a nuestra casa en Estados Unidos para cumplir con nuestro deber cívico. Mi mamá, mi hermana y yo fuimos a votar, y nuestras hijas nos acompañaron al lugar en donde emitimos nuestro voto. Fue una gran odisea y mis hijas se emocionaron por acompañarnos. Mi mamá abrió el refrigerador agarró una botella de vino blanco y empezó a tomar una copa de vino tras otra. "¿Estás bien, mamá?", le pregunté. Mi mamá empezó a llorar y me dijo que ese día había dejado de ser ella. Yo le pregunté a qué se refería, y ella me contestó: "Nunca logré que comieran okra frita, y hoy voté por una demócrata para Presidente. Si mi abuela me hubiera visto, se hubiera sentido avergonzada de ver en lo que me convertí". Sus sentimientos eran reales, las lágrimas brotaban de sus ojos. Estaba sostenida por fuertes convicciones y ese día las había quebrado.

Yo le sonreí y le dije que tenía mi voluntad para comer okra frita, pero el botón azul pegado en mi blusa, le dejó claro que estaba en desacuerdo con las convicciones partidistas de mi bisabuela. Pasamos la tarde festejando el gran día, asando carne en el patio mientras las niñas se bañaban en la alberca. Estaba a punto de anochecer cuando vimos el resultado de las elecciones. Sentí como si algo me hubiera dañado el corazón. Mi mamá se puso a llorar de una forma tan intensa, que me hizo llorar a mi también. "Tengo miedo por la libertad de mis nietas", me dijo. Nunca supe si se equivocó en la traducción o realmente estaba preocupada por el futuro de mis hijas. Mi papá la abrazó con mucha fuerza, y la dejó llorar hasta que se quedó dormida. Al día siguiente se levantó, se puso lentes oscuros y les dijo a sus nietas que traía una infección en los ojos. "¿Qué infección, abuelita?", le dijo Patricia. "Una que nunca pensé que vería en mi país", le contestó.

Regresamos arrastrando nuestra tristeza a San Pedro. Unos días después, las amenazas de mi nuevo Presidente de Estados Unidos se oyeron con mayor fuerza contra México. Mis suegros llegaron a cenar a nuestra casa, y se pusieron a ver las noticias en la sala mientras yo servía la cena en la mesa. Tanto Carlos como mi suegro empezaron a sonreír viendo el resumen de lo que había pasado ese día en la televisión; parecían conocer algo que yo no sabía. Yo preparé una ensalada con aderezo de anchoas y vinagre, la carne Wellington que les gusta y el pudín de plátano con la receta de mi abuela materna. Nos sentamos en la mesa, y mi suegra le preguntó a mi suegro si tenían algo que temer con esas amenazas. Él le contestó que no, pero mi suegra insistió que esa respuesta era insuficiente. "Cuéntamelo como este filete Wellington; descríbeme lo que lo cubre, pero quiero saber que hay abajo de la capa de hojaldre", le dijo mi suegra. Yo también quería escuchar esa explicación, por lo que guardé silencio y puse atención.

Mi suegro le respondió: "La tecnología que tenemos en mi empresa, sólo la tienen los chinos. Requiere mano de obra muy especializada aquí en México y somos los más cercanos para entregarla a tiempo. Yo vendo las piezas a cinco dólares a cada armadora en el mundo, si los americanos quieren cobrar el *Impuesto del Río Bravo*, las piezas van a llegar a Michigan costando seis dólares para ellos, mientras el resto del mundo va a recibir esas piezas a cinco dólares. ¿Quién sale perdiendo?", nos preguntó. Nadie contestó, pero todos conocíamos la respuesta. "Si ellos se ponen a producir esas piezas, les va a costar quince dólares hacerlo. Van a tener un carro que les costó cincuenta, con mano de obra americana, mientras al resto del mundo les costó veinte. ¿Qué carro comprarías?". Todos sabíamos la respuesta.

"El asedio es una estrategia militar que hace que el enemigo se rinda, cortando sus abastecimientos hasta que no tengan nada que comer. No sé qué calificativos pudiera usar para describir el auto asedio en el que quieren entrar". Carlos se rió y mi suegro continuó: "Son demasiadas distorsiones las que se pueden causar con esas políticas. El empleo de los americanos depende de qué tan competitivos sean en el mundo, a menos que tengan un valor diferenciado. La competitividad no se crea con impuestos fronterizos o por designación mágica de un Presidente que dice conocerlo todo. Pero parece que los americanos quieren oír en la televisión que ellos ganan y los demás pierden, aunque en la realidad va a pasar lo contrario. Estamos inmersos en un Juego de

Fronteras. Fronteras que son muy difíciles de cerrar y gana quién mejor se adapta a ese sistema y logra diferenciarse. Desde mi punto de vista ellos han sido los ganadores por muchos años y nos conviene que siga siendo así. Hemos vivido bajo su sombra por cientos de años, una sombra de valores sólidos como la libertad, la valentía y democracia. Queremos seguir bajo la sombra de esos valores americanos".

Mi suegra insistió que tenía miedo, pero él le contestó: "Vender nostalgia es un arma poderosa. La percepción de tener las mejores cartas de la mesa funciona algunas veces. Hay gente que gana torneos con un par de cincos, haciéndole pensar a sus oponentes que tienen las mejores cartas sobre la mesa. Lo acabamos de ver con ésta elección. Pero la percepción es como un cerillo, llegará el momento en el que se acabe la flama y ellos verán la realidad. Nosotros nos vamos a enfocar al futuro y a esperar que los americanos muestren sus verdaderos colores, lo han hecho por siglos", nos dijo. Todos brindamos por el futuro mientras mi suegra sonrió de forma amarga por el aderezo de anchoas que preparé. Las personas en este país podían estar apanicadas por lo que veían en televisión, pero mi suegro sabía como funcionaba el mundo y me sentí tranquila que Carlos también lo supiera.

Los días pasaron sin que se acabara el mundo y seguimos teniendo fe en un futuro que podíamos visualizar.

El doce de Diciembre fuimos temprano a cantarle las mañanitas a la Virgen María de Guadalupe. Era un día importante para nuestra familia y fuimos los primeros en llegar a la iglesia. Después nos fuimos manejando por carretera a nuestra casa en Estados Unidos para comprar las cosas que Santa Claus les iba a traer a mis hijas. Tanto mis suegros como mis papás tienen casas en el mismo barrio, por lo que íbamos tan seguido como podíamos.

Fuimos a un supermercado y Carlos me dijo que se iba a quedar en el estacionamiento para hacer unas llamadas; yo me fui con mis hijas Tanya y Patricia a la sección de juguetes. Estábamos haciendo mucho ruido, hablando español. Patricia estaba emocionada diciendo que le gustaban unos juguetes pequeños en forma de verduras y me dijo que quería encargárselos a Santa

Claus. Yo le dije que me los mostrara, y fue cuando una mujer que parecía nativa de una tribu de Yucatán se puso frente a mí y me empezó a gritar en inglés: "¡Lárgate a tu país. Ya tenemos suficientes de ustedes robándonos nuestros empleos!". La mujer que parecía nativa de una tribu de Yucatán me repitió tres veces lo mismo frente a mis hijas, mostrándome con la mano a dónde me tenía que ir; mis hijas se aferraron a mis piernas y sentí cómo me apretaban con miedo. Escuché a la mujer con atención las tres veces, y lo mejor que pude hacer es responderle en el idioma y acento sureño de mi madre: "Ese es el norte, linda. Oklahoma está rumbo a esa dirección que señalas. Es posible que te quieras referir al otro lado", le dije señalando a la frontera mexicana.

Me pareció que desconocía la palabra Oklahoma. La mujer que parecía nativa de una tribu de Yucatán empezó a gritar de una forma intensa que estaba harta de los ilegales, tratando de juntar seguidores en el pasillo, subiendo los brazos como si fuera un animador en un partido de fútbol americano en un estadio, pero sólo logró que unas personas sacaran sus teléfonos y le empezaran a tomar video. Se fue por uno de los pasillos celebrando que las cosas en su país iban a cambiar. ¿Y saben qué?, ¡creo que tuvo razón!

Agarré a mis dos hijas, las subí al carrito y les dije que íbamos a regresar con su papá. Me preguntaron qué había pasado, yo les dije que había gente enojada en la tienda, por lo que era mejor regresar a San Pedro. Carlos estaba hablando por teléfono diciendo que era imposible quedarle mal a un cliente con la entrega del acero, pero vio mi cara y supo que algo malo había pasado. Colgó el teléfono, nos subimos al carro y le traté de explicar lo sucedido. "Le debiste haber hablado a la policía", me dijo. "Hay cosas que no podemos tolerar". ¿Y saben qué? Tuvo toda la razón. Sería injusto juzgar a un país sólo por una persona, ¿pero sería igual de injusto juzgarlo por sesenta millones de personas? Alejé de inmediato esos pensamientos de mi cabeza; una buena cristiana evita juzgar porque ya se sabe las consecuencias de hacerlo.

Fuimos por nuestras cosas de la casa de mis suegros, empaqué las cosas de la mejor forma que pude acomodarlas en ese momento, hice unos sándwiches para el camino, y nos regresamos a San Pedro Garza García. Llegamos tarde a la casa, les puse las pijamas a mis hijas, y Tanya me preguntó por qué la señora del súper mercado estaba tan enojada. Fue una pregunta profunda y muy difícil de contestar.

Me le acerqué y le sonreí: "El odio es como el fuego en un bosque en un clima árido y con fuertes vientos. Se esparce a gran velocidad, y destruye todo a su paso. Es cosas de sabios mantenerse lejos de sus alcances". Mi hija me escuchó con atención y yo le dije: "Cuando el fuego se extiende, los habitantes pueden hacer muy poco para apagarlo; se tienen que tomar medidas más drásticas para controlarlo. Los intentos individuales sirven muy poco". ¿Realmente mi hija lo estaba entendiendo?

Cuando regresé a mi cuarto, Carlos colgó la llamada que tenía en el teléfono y dijo: "Mis papás van a vender las casas que tenemos en Estados Unidos; me comentaron mis suegros que van a hacer lo mismo. No hay razón para mantenerlas pagando impuestos si no las vamos a utilizar". Era una lástima, me gustaban mucho las dos casas que habíamos mantenido por casi una década. Carlos me preguntó detalles sobre el incidente en el supermercado americano, yo le conté lo que la mujer me había dicho y lo impresionada que me sentí en ese momento. Carlos me preguntó sobre la apariencia de la mujer, le contesté: "¿Importa?".

Los siguientes días estuvieron llenos de planes para celebrar la Navidad. Pasé varias horas buscando en internet el mejor postre para llevar a la cena en la casa de mis papás, e hice las reservaciones de viaje para festejar el año nuevo. Las dos familias teníamos planes para pasar Navidad en nuestras casas en Estados Unidos, pero esa dejó de ser una opción. Decidimos irnos a Cancún para gozar la arena del caribe mexicano. Fue difícil encontrar lugar en los aviones, ya que varios de nuestros amigos comentaron que habían dejado sus planes para visitar el norte del continente, y prefirieron enfocarse al turismo nacional.

Sentí cómo el mar turquesa del caribe mexicano entró por mis ojos en un hotel de lujo en la Riviera Maya, ayudé a mis hijas a hacer ciudades de arena, porque los castillos eran difíciles de construir. Me encantó sentir la arena blanca y pura en mis pies, me encantó sentir esa paz que encierra el mar de este país. Fuimos a comer a restaurantes a la orilla de la playa, donde los mariscos que servían estaban frescos. Carlos disfrutó unos camarones aguachiles y pidió un plato de pescado fresco; mis hijas disfrutaron los cocteles de camarón con cátsup y el pescado preparado en una parrilla a unos metros de ellas. Gozamos con los shows de los parques ecológicos y los bailables típicos de nuestro país. Tanya y Patricia estaban encantadas diciendo que preferían vacacionar en esta playa, y que la comida sabía diferente. Les gustaba lo diferente. "Siento que por primera vez en mi vida he probado un pescado-pescado, mamá", me dijo Tanya saboreando el manjar que le habían puesto en el plato. Mis hijas comieron todo lo que les fue servido; no fue necesario perseguirlas para rogarles que comieran durante toda nuestra estancia en la Riviera.

Después de una semana de vacaciones regresamos a San Pedro, sentí nostalgia de dejar atrás el mar con agua caliente y la calidez de las personas a nuestro alrededor. Me fui a cenar a casa de unos amigos, y la plática se centró en todo lo que estábamos viendo en la televisión con el nuevo Presidente. Carlos nos pidió cambiar de tema: éramos parte del problema. Las apariciones en televisión tenían un sólo fin: que el mundo estuviera hablando de lo mismo. Desde su punto de vista, el nuevo Presidente ganaba terreno cada que lo nombraran en los medios de comunicación. Tenía que mantener el cerillo prendido para evitar que la flama se acabara.

Hablamos de lo bien que nos la pasamos en las playas mexicanas. Nuestros amigos nos contaron lo bien que se la habían pasado en Chiapas y algunos de ellos habían viajado con su familia a Brasil, sin tener que sufrir el *jetlag*.

Al día siguiente mis hijas y yo salimos a la calle que está frente a la casa, para que aprendieran a manejar las bicicletas que les había traído Santa Claus, pero se cansaron en media hora y se pusieron a jugar con una pelota en la calle. Mi teléfono timbró, volteé a contestar y todo lo que pasó a continuación sucedió en cámara lenta: mi hija estaba al lado de un hombre que usaba pantalón de mezclilla y una camisa percudida. El hombre tomó a Patricia por la mano y yo sentí como mi cuerpo dejó de responderme. Por un segundo me sentí helada, sin poderme mover. Corrí hacia ella, corrí tan rápido como pude, gritando su nombre; el hombre me volteó a ver sonriendo y yo me aventé sobre su brazo para lastimarlo. "¿Qué estás haciendo? ¡Suelta a mi hija!", le dije.

El hombre tardó unos segundos en procesar lo que estaba pasando, Carlos gritó atrás de mí y el hombre empezó a hablar: "La niña estaba en la calle y quise evitar que la atropellaran; la moví a la banqueta", nos dijo en forma pausada. "¡Estabas tratando de robarme a mi hija!", le dije con toda la frustración que estaba corriendo desde mi estómago hacia mi garganta. Yo empecé a llorar, me di cuenta que estaba agarrando a Patricia del brazo de forma tan fuerte que ella también empezó a llorar. Carlos intervino en la conversación preguntándole al hombre: "¿Eres vecino de la cuadra? ¿Qué haces aquí?". Yo respondí: "¡Quería robarme a mi hija!". El hombre se asustó y contestó: "Es mejor que me retire de este lugar, la señora está alterada, yo sólo quería prevenir un accidente".

Yo estaba lejos de tranquilizarme, Carlos me dijo que estaba lastimando a Patricia con la forma que la tenía agarrada del brazo. Mi niña estaba llorando de pánico. Unos vecinos se acercaron y el hombre se asustó con la preguntas que le estaban haciendo. Agarré a mis hijas y las metí a mi casa mientras los vecinos se quedaron afuera discutiendo con ese hombre.

Carlos regresó a la casa, se sentó en el piso a nuestro lado para tranquilizarnos y nos dijo: "Todo va a estar bien; fue un mal entendido". Carlos me volteó a ver y me dijo: "Las niñas estarán seguras en la cocina con la nana mientras yo hablo contigo". Mis hijas lloraron, diciendo que querían quedarse a mi lado. Carlos se acercó a Patricia y le dijo: "Siempre te vamos a cuidar, Patricia, ¿me quieres decir qué te dijo ese hombre?". Patricia lloró unos segundos más y luego contestó: "Que me subiera a la banqueta porque ahí pasaban carros que me podían apachurrar". Carlos le sonrió, me volteó a ver, salió a la calle mientras yo subí a mis hijas a su cuarto. Las tranquilice, las bañé y les leí un libro hasta que se quedaron dormidas. "Me diste miedo, mamá", me dijo Patricia en voz baja, mostrándome la piel roja que se le veía en el brazo. Estaba lejos de sentirme culpable, hice lo que tenía que hacer para protegerla. Se tardaron para poder conciliar el sueño y yo lo único que pensaba es en el peligro que corríamos con esa gente entrando en la colonia.

Me dirigí a mi cuarto, Carlos me estaba esperando y me dijo: "Luis Gutiérrez, el vecino de enfrente, me confirmó que el señor es un plomero. Un hombre que ha trabajado con él por años. Dice que es una persona decente, que entiende por lo que pasamos, pero cree que el plomero sólo estaba tratando de evitar un accidente". Yo sentí que hervía por dentro, sentí las lágrimas suplicándole a mis ojos que las dejaran salir. "Sé lo que vi. Ese hombre se quería robar a mi hija", le grité. Carlos me respondió: "Patricia te dijo que el señor la quería subir a la banqueta para evitar un accidente".

Carlos me respondió que había suficiente incertidumbre entre los vecinos para desvirtuar la verdad. Yo le reclamé que estaba siendo tibio. Él me respondió: "¿Qué quieres que haga?". Sentí frustración corriendo por mis venas y le grité: "¡Lo que tengas que hacer para mantenernos a salvo! ¡Tú eres el padre de familia!". Carlos me dijo que estaba siendo irracional: era una colonia segura. Yo insistí que estaba siendo mesurado, hasta que su paciencia se acabó y me gritó: "¿Qué quieres Tanya? ¿Quieres que construyamos un muro alrededor de nuestra casa? ¿Esa es tu idea de mantenernos seguros?".

Mi visión se nubló, y cuando volví a tener conciencia vi que le había pegado a mi esposo en la mejilla. Sus ojos se tardaron en volverme a ver, pero cuando lo hicieron, se me quedó viendo como si fuera otra persona. Me dijo con voz baja y pausada: "La barbarie ha traspasado las paredes de mármol. Apiádate Señor de nosotros". Se dio la vuelta y salió de la casa. Me quedé unos minutos sin poderme mover, quise salir corriendo tras de él para suplicarle perdón, pero me detuve. Yo había aventado deliberadamente un bola de estambre, agarrándola por la punta, y necesitaba que siguiera corriendo hasta donde su fuerza se lo permitiera. Necesitaba volver a sentirme segura.

Me fui a acostar al cuarto de mis hijas, los vecinos estaban platicando afuera de mi casa: los podía escuchar con claridad:

Mañana podemos empezar a construir una caseta en la entrada.
Ya llegaron cuatro guardias de mi empresa para vigilar la colonia.
Necesitamos un retrato hablado del delincuente.

Ya vienen patrullas de la policía municipal para acá.
Me quedé quieta sin decir una palabra. Carlos les dijo en varias ocasiones que había sido un malentendido, pero ninguno de ellos lo quiso escuchar. Luis Gutiérrez, el hombre que contrató al plomero, insistió que se trataba de una persona decente, pero tampoco lo escucharon.

Dormí con mis hijas esa noche; pude conciliar el sueño hasta la madrugada cuando se fueron todas las patrullas que estaban cercando la casa. En los días siguientes me costó volver a ver a los ojos a Carlos; había una muro de hielo entre nosotros. Se instaló una caseta de seguridad, con dos guardias armados a la entrada de la colonia. Todo invitado tenía que dejar su identificación con los guardias para entrar, y se instalaron varias cámaras de seguridad. Se esparció como pólvora la noticia que un hombre había tratado de secuestrar a una niña en mi colonia; me llegaron varias versiones del supuesto intento de secuestro, y muchas personas empezaron a exigir respuestas de las autoridades.

Después de unas semanas de tener mi matrimonio inmovilizado por el hielo, a pesar de la ola de calor que se sufría en la ciudad, conseguí el contacto de un consejero matrimonial. Todas mis amigas me mandaron contactos diciendo que iban a rezar por nuestra familia, por el trauma que pasamos. ¿Por qué tendrían a la mano esos contactos para mandármelos enseguida, y se tardaban días para mandarme teléfonos de pastelerías?

"¿Qué puedes decir al respecto, Tanya?", me dijo el psicólogo la primera vez que nos sentamos en ese sillón de tela. El consultorio olía a encerrado, como si tuviera un ineficiente sistema de ventilación. "Lo siento mucho Carlos", contesté sintiéndome miserable por haberlo golpeado en la cara. El psicólogo volteó a ver a Carlos: "Tengo mis dudas", le dijo. Volteé a verlo y me dijo: "Pudiste haber hecho que lincharan a ese hombre. Un hombre que quería evitar que un vehículo atropellara a mi hija, mientras tú estabas hablando por teléfono. Causaste una revolución de mentiras alrededor del accidente, sin contar que me pegaste en la cara".

El psicólogo me volteó a ver para darme la oportunidad de responder y yo le dije a mi esposo: "Perdóname por lo que pasó entre nosotros. Estoy dispuesta a pedirle perdón al plomero por gritarle de esa manera. Lo haré en privado. Todo lo que se desencadenó por ese accidente fue algo que era necesario. Me niego a vivir bajo la sombra del miedo". Carlos volteó a verme y me dijo: "Estás en la civilización equivocada". Me quedé callada. Le quería contestar de una forma cruel para que reaccionara, pero el psicólogo frente de nosotros me recordó que había un mundo neutral observando mi comportamiento. Era una mejor idea que la mayoría silenciosa hablara. Esa noche iba a haber una votación entre los vecinos para discutir los cambios que se estaban realizando en la colonia, y ahí podría expresar lo que yo pensaba, con gente que veía el mundo de la misma forma que yo lo veo.

La votación se llevó a cabo esa noche. Carlos les repitió a todos los presentes que se trataba de un mal entendido: el plomero nunca trató de secuestrar a nuestra hija, y me pidió que yo también lo dijera en voz alta. Y eso fue lo que hice: "Patricia nos dijo que el señor le pidió que se subiera a la banqueta, pero nunca sabremos sus verdaderas intenciones", todos empezaron a murmurar cuando volví a tomar mi asiento. Carlos me volteó a ver y cerró los ojos con dolor.

Uno de los vecinos estaba muy molesto y dijo que este incidente era sólo la punta del iceberg de todo lo que estaba pasando a nuestro alrededor. Carlos le preguntó de qué eventos hablaba, pero él evadió responder la pregunta. El hombre molesto tenía aliento alcohólico, que parecía acarrear por días. Nos dijo que tenía cuatro guardias permanentes en su casa. El hombre molesto puso orden, y nos invitó a votar. Éramos doce parejas en la junta. De los veinticuatro votos que se emitieron, veinte fueron para aumentar la seguridad a nuestro alrededor, dos para mantenerla, y dos fueron para quitar la caseta y los guardias que habían puesto en la colonia.

Sentí que Carlos y Luis, el vecino que contrató al plomero, estaban en la civilización equivocada. La mayoría silenciosa habló.

"Está hecho, tengo un amigo que es experto en seguridad. Podemos ver varias opciones para reforzar nuestra colonia, y evitar que los secuestradores nos hagan daño" nos dijo el hombre con aliento alcohólico. Los vecinos dijeron que estaban de acuerdo, además, íbamos a poner reglas muy claras sobre quién podía entrar a la colonia. Estábamos en régimen de condominio; nosotros decidimos quién entra y quién no.

Después de la junta, me sentí mas relajada, aunque Carlos seguía igual de serio. Al día siguiente fui a la escuela de mis hijas, y me quedé unos minutos en el estacionamiento para asegurarme que estuvieran bien; mi corazón se sentía vulnerable. Vi un niño que le estaba gritando a Patricia en el área de juegos, pero mi hija estaba jugando en el arenero sin hacerle caso. El niño se fue a reclutar más niños y todos le gritaron a Patricia que fuera a jugar con ellos. Pensé en bajarme, y denunciarlos ante la Dirección, pero cuando perdieron interés, se fueron a jugar fútbol con los demás niños. Me quedé unos minutos más observando a esa pandilla de niños, pero el timbre sonó y les pidieron entrar a clase. Después le podría preguntar a Patricia quiénes eran esos niños y tomar medidas al respecto.

Salí de la escuela una hora más tarde. Iba manejando por la calle y de repente vi una camioneta que iba a impactarse contra mí; le pité para alertar a la persona que iba conduciendo, y la mujer se me quedó viendo con ojos de furia. Quería hacerme daño, lo supe en cuanto la vi. Tenía ojeras pronunciadas y una actitud muy negativa a la vida. Llegamos a un semáforo y la mujer me aventó la camioneta para impactarse contra mi carro, y yo traté de todas las formas posibles alejarme de su furia. La vi por el espejo retrovisor, pero sólo podía ver la silueta de su cuerpo flexionado hacia enfrente, dado que la luz del sol evitaba que la viera a la cara. El semáforo se puso en verde y yo arranqué a toda velocidad hasta que la perdí de vista. Le hablé a Carlos, llorando, le dije que había sido víctima de un intento de daño a mi persona, y me dijo que me fuera a la casa, me iba a mandar un guardaespaldas para que me protegiera en esos momentos tan difíciles.

Me fui a comer con mis amigas, mientras me sentí segura con el guardaespaldas que me llevaba a todos lados. Joanna habló acerca de unas cunas de cartón para la Cruz Roja. Había más problemas que necesitan nuestra atención, en lugar de enfocarnos a la caridad. Tanto Estíbaliz como Joanna estaban obsesionadas con el fútbol de los niños, y dado que yo tenía sólo niñas, decidí voltear a ver las mesas de al lado. Esa mujer con cadera grande me estaba incomodando con la forma en la que se comportaba, como si el mundo le perteneciera. Volví a centrar mi atención en la mesa, probé la coliflor con el aderezo, me hizo volver a la realidad comer esa consistencia tan característica en ella. Ese aderezo agrio era parte de una combinación exótica. El *Rib Eye al piquín* me recordó mis raíces, y lo mucho que me gustaba comer el picante que me confirma que estoy en mi tierra. Mastiqué cada trozo de esa carne jugosa; sabía a tranquilidad y a conciliación. La carne estaba asada de tal forma que el fuego había transformado las orillas, eran paredes duras, pero dentro seguía siendo un corte suave y placentero. Me dejé envolver por la conversación acerca de la imperfección en la que estamos viviendo. Me dio la valentía para hablar con Carlos acerca de todo lo que había sucedido entre nosotros, en cuanto él llegara del trabajo. Estábamos lejos de ser perfectos.

Cuando salimos del restaurante me dirigí a mi casa con el chofer. Les conté a mis hijas unos cuentos de princesas, las bañé y me quedé con ellas hasta que se durmieron. Cuando Carlos llegó a la casa, lo fui a abrazar y le dije cuánto lo amaba, que me perdonara por la mujer salvaje en la que me había convertido en las últimas semanas. Sus cejas se movieron de una forma diferente, con interrogación, pero parecía sonreír con mi abrazo. Le dije lo mucho que lo amaba, y lo mal que me sentía por ese momento tan difícil por el que estábamos pasando. Le conté el incidente con la mujer que quería atacarme con su carro, él me dijo que teníamos mucho que hacer para mejorar nuestra seguridad. Me prometió que haría todo lo que estuviera a su alcance para que me sintiera segura. Su piel se sentía fría, venía manejando desde su oficina con el aire acondicionado. Lo besé y le dije que las niñas estaban dormidas, para poder servirle de cenar, e irnos a dormir a nuestro cuarto. Sonrió de una forma que algunas veces veo en él, una sonrisa que me hace ver que seguimos siendo él y yo sobre todas las cosas.

Al día siguiente, llevé a mis hijas a la escuela mientras veía a unos hombres colocando cámaras de seguridad en mi calle. Sonreí al saber que después de nuestra plática de ayer, Carlos estaba convencido que éstas medidas eran necesarias. Me fui a misa, y pensé que era el momento de ir a comprar un libro que me ayudara a que la positividad regresara a mi vida.

Cuando iba manejando por la avenida Lázaro Cárdenas, vi un espectacular donde aparecía la imagen del alcalde de una ciudad americana fronteriza y decía en su mensaje: "¡Regresen a nuestra ciudad. Ésta es su casa!". Me quedó claro que todavía hay personas que piensan con el cerebro y no con sus miedos. Nada bueno resulta de un nivel de psicosis comportándose como si todo el mundo fuera peligroso. Hay personas de éste lado del Río Bravo que estamos lejos de ser una contingencia.

Le contesté al hombre sonriente del espectacular: "Lo siento amigo, pero en mi opinión, es demasiada saliva escupida".

CAPÍTULO 11

ESTÍBALIZ

El mesero me sirvió la crema de queso Camembert con uvas dentro de un pan en forma de plato hondo. Quitó la tapa del pan y le sonreí. Me agrada comer esta crema cada que vengo a este restaurante. Puedo pedir nuevas ensaladas, platos fuertes o postres, pero esta crema es emblemática de este lugar galardonado por ser uno de los mejores restaurantes en Latinoamérica. Tuve la oportunidad de quebrar con los dientes las almendras tostadas que estaban dentro de la sopa; pude sentir la diferencia entre lo salado del queso y lo dulce de las uvas verdes cortadas a la mitad. Me di gusto arrancando con la cuchara parte del pan de las paredes para poder mezclarlo con la crema y que tuviera una consistencia más firme. Parecía que tenía un romance secreto con la sopa que estaba frente a mí.

Me gustaba gozar esa sensación de respiro cada que teníamos la oportunidad de salir a cenar fuera de la casa. Nuestros amigos Rogelio Nieto y Emma J. de Nieto estaban cenando con nosotros. Tienen tres hijos: niños amables, inteligentes, que recibían muchos de los premios que había en la escuela. Varias personas les decían que tenían hijos perfectos, pero Emma insistía que estaban lejos de la perfección. Desde que oí eso, sentí que la estimaba más. Hablar con ella era la medicina perfecta para un mundo imperfecto.

"Tenemos un problema de percepción severo", dijo Alberto

mientras le sirvieron la torre de tomate y queso de cabra, bañada con una vinagreta de albahaca. Sonrió mientras contempló su platillo, en una presentación perfecta; en frío y con todas las características bajas en grasa que su nutrióloga le recomendó para cenar. "Llegué a las Islas Bermudas. Me estaba esperando el chofer de los Peterson, me llevó al hotel donde se estaban hospedando y luego al yate que nos iba a llevar a pescar. Matthew, el hombre del que Estíbaliz habla, me dio una cerveza mexicana y me dijo que él sabía que tomaba esa marca. Apenas me la iba a terminar y el hombre ya me estaba sirviendo una nueva. Parecía que estaba al pendiente de todo y le gustan las cervezas mexicanas. ¡El hombre es un tipazo!". Vi cómo mi esposo tomó el tenedor y se le iluminaron los ojos para empezar a comer su torre de tomate.

Mantuve la cuchara en el aire, viéndolo con ojos de incredulidad, abrí la boca en señal de sorpresa, y Rogelio y Emma se rieron con la escena. "¡El hombre es un desalmado, Alberto! Es cruel, misógino, racista, burlón. Mis amigos del inframundo financiero me dijeron que existía una razón por la que sólo había hombres en el Consejo de esa empresa", le dije a mi esposo. "Tengo un contrato firmado para mantener en silencio todo lo que hablamos en esa junta, pero déjenme describirlo con una mini historia: A la hora de despedirme de ellos en la última junta, les dije que les agradecía las explicaciones que me dieron por las dudas que tenía. Matthew me dijo que se sentía obligado a responder así, cuando la gente se presentaba a las juntas sin preparación. Me felicitó por mi disfraz de *Niño Héroe*". Alberto soltó una carcajada y me dijo que ese día me veía patriótica con mi vestimenta. "Era una blusa de seda, ¿Te puedes imaginar a Juan Escutia vestido con tacones y una blusa en forma de v?", les dije. Parecía que Rogelio le secundaba cualquier broma a Alberto. Dijo que seguramente Matthew era un tipazo, y mis perjuicios estaban desvirtuando la realidad.

Alberto nos contó que los hombres estaban tan callados en la pesca, que se quedó dormido un par de veces, hasta que Benjamín lo despertó para que viera lo que habían pescado. Rogelio y Emma se rieron agarrándose de la mano con todo lo que les estábamos contando. Emma me dijo: "Creo que es hora que dejes de trabajar,

Estíbaliz. Podrías pasar más tiempo con tus hijos ahorita que están pequeños, te lo he dicho una decena de veces, pero creo que éste es el momento indicado para volvértelo a decir". Yo le contesté que hacía un esfuerzo por mantener el equilibrio en mi casa. Emma era una ama de casa dedicada a su familia. Si fuera la maestra de mis hijos, estaríamos felices que complementara la educación que Alberto y yo les estamos dando. Tiene ese sentido correcto del mundo. "Lo hago por ellos Emma, tienen que vivir en un mundo mejor que en el que estamos. Si puedo poner un grano de arena para que eso cambie, lo haré feliz de la vida", le dije.

Emma nos explicó que por varios años ejerció su profesión. Ganaba un ingreso decente, tenía libertad para comprar varias cosas para su casa. "Empezamos con una mesa de madera que fue de mi abuelita. Ella me la prestó, cuando Rogelio y yo nos casamos. Los dos trabajábamos por lo que fue cuestión de meses para que empezáramos a comprar nuestras propias cosas para la casa. Cuando me embaracé seguí trabajando, pero cuando nació nuestro primer hijo, supe que tenía que dedicar mi tiempo a él. Dejar de trabajar fue una decisión muy difícil, porque significaba dejar de contar con ese ingreso para nuestra familia. Al principio nos tuvimos que ajustar, y los ajustes causan incomodidad, pero me gustó mi vida como esposa y mamá", me dijo. Me quedé pensando cómo me sentiría si dejara mi vida laboral, pero después tendría tiempo para pensarlo detenidamente.

"Cada quien logra salir a flote con lo que tiene a la mano", nos dijo Rogelio. "Ojalá tuviéramos la fórmula del padre perfecto", nos dijo Emma. Continuó: "La maternidad es el trabajo más demandante que puede existir en el mundo", subí mi copa de vino y brindamos por la frase.

Se trasladó a un lugar que parecía que le estaba causando nostalgia. "Veo a madres de familia que quieren tener hijos a la medida. He visto con tristeza algunas señoras que mandan fabricar a niños con su extraña percepción de lo que consideran perfección. Como si llegaran a una tienda de muñecas, escogen los colores de su piel, ojos, cabello y hasta el uniforme del deporte que van a practicar, sin pensar cómo encajarán esos muñecos perfectos en el futuro". Alberto y yo nos volteamos a ver para ver si estábamos entendiendo lo que decía. Emma se dio cuenta de nuestras dudas y nos dijo que era un tema complejo, difícil de explicar. Sonrió y continuó: "Mejor hablemos de nuestros hijos jugando fútbol".

Alberto se me quedó viendo como si se le fueran a salir los ojos y me reí. Rogelio se burló de nosotras diciendo que por qué siempre terminábamos hablando de lo mismo. Emma se rió y nos dijo: "Dios te da la oportunidad de ser madre. Los hijos vienen a enseñarte cómo vivir con ellos en el tiempo en el que se quedan con nosotros. Admiro a las personas que aprenden de esa oportunidad, y abrazan la vida aun con esas imperfecciones".

Nos mantuvimos hablando de las políticas de las escuelas acerca del fútbol, y si la competencia era buena cuando los niños estaban tan pequeños.

Les conté que teníamos que cerrar las ventanas de la casa para evitar que se escucharan los gritos de mis hijos cuando empezaban a pegarle al balón, los domingos a las ocho de la mañana. "Haces bien. Tu seguridad es tan sólida como la relación que tienes con tu vecino, es el que cuida toda la barda que colinda con tu casa. Es de sabios tener vecinos contentos y mantener una relación de respeto mutuo" nos dijo Emma. Nos contó que su vecina era una señora de sesenta años, y que cada que le veía, la vecina le contaba todos los detalles de lo que había pasado en la colonia. "En una ocasión nos habló y nos dijo que había un hombre rondando la casa. Se veía sospechoso. Le comenté a Rogelio, porque estábamos fuera de San Pedro, habló a los policías y llegaron a preguntarle que hacía ahí. El señor dijo que andaba en busca de trabajo, pero los policías no le creyeron. Estuvieron rondando nuestra casa durante el día. Mi vecina me dijo que nunca volvió a ver al hombre, así que nos sentimos más tranquilos en nuestras vacaciones".

Yo les dije que Denisse Elizondo era mi vecina. Denisse era conocida de Emma y mía. Le dije que estaba muy contenta con tenerla a mi lado porque era una mujer dedicada a su familia. Su hijo todavía no podía caminar, pero todos los días la veía salir con él rumbo a la terapia, antes y después de llevarlo a la escuela.

"Escuché en una cena que Denisse hace vudú", me dijo Emma riéndose. Mis carcajadas fueron tan altas que los otros comensales del restaurante me voltearon a ver. Tardé unos minutos en recuperarme y volver a mi estado normal. "¿Estás hablando en serio?", le pregunté. Emma me explicó que ella se rió de la misma forma que yo había reaccionado, pero una amiga de ella le dijo que lo había comprobado cuando vio los muñecos en su bolsa de mano.

"Creo que es una mujer llena de gracia. Es difícil imaginar por lo que está pasando. Creo que ninguno de nosotros tenemos la posibilidad de ver que está pasa con nuestros amigos o conocidos, a menos que tengamos contacto frecuente", nos dijo Emma. Rogelio nos comentó que tanto Denisse como su esposo Miguel eran dignos de reconocerse. Miguel se había negado a madurar cuando era un adolescente, pero cuando conoció a Denisse empezó una empresa desde cero. "Es de los hombres que se levantan en la madrugada, se va a correr, llega a almorzar a su casa, y para las ocho de la mañana ya está en su oficina. Es admirable lo que ha logrado en su vida. Yo creo que apenas vemos un porcentaje mínimo del dolor que pueden estar pasando teniendo un hijo enfermo".

Le quise decir que el hijo tenía un problema de nacimiento, estaba lejos de estar enfermo, pero iba a cortar la fluidez con la que se estaba desarrollando la plática.

Nos quedamos hasta media noche en el restaurante, mientras nos terminamos la botella de vino. Alberto y Rogelio sólo tomaron una copa; fueron los conductores designados de la noche. Nos pusimos de acuerdo para vernos en dos semanas. Cuando nos subimos al carro, Alberto me dijo: "Me agradan Rogelio y Emma, son muy humanos, son divertidos y tienen un sentido correcto de la vida". Le dije que yo pensaba lo mismo.

Alberto me contó acerca de su viaje a Las Islas Bermudas; lo bien que los Peterson se habían portado con él, eran atentos, estaban siempre preocupados si se sentía bien o si podían hacer algo más para que disfrutara el viaje. Me explicó que la pesca fue un éxito. La primera noche organizaron una cena de tacos de marlín, por ser la primera vez que Alberto los acompañaba. Llevaron un cuarteto de música el cual estuvo tocando hasta las once de la noche mientras le servían los tacos asados. Alberto se detuvo en el semáforo, me volteó a ver y me dijo: "Platiqué con

Benjamín en la cena del último día. Tiene un acento pesado, pero hizo el esfuerzo por hablarme de forma pausada. Me dijo que eras una mujer dura, con fuertes convicciones y que todavía tenías mucho que aprender". Le sonreí a Alberto, las palabras de Benjamín se oyeron como uno de los mejores cumplidos que me pudieron haber dicho. "Me dijo que eras la persona indicada para ocupar ese lugar en el Consejo".

Me agradó el hecho que se portaran tan bien con mi esposo; me costaba trabajo visualizarlos conviviendo en un ambiente informal alrededor de un asador, comiendo tacos asados. Todos parecían tan fríos en esa sala creyendo que tenían el mundo en sus manos. Todos parecían pensar lo mismo en cada caso que se presentaba en la pantalla. Mis interacciones estaban siendo mayores, y más lejanas a las opiniones que ellos tenían.

"Benjamín me dijo que separara la fecha para la próxima reunión de la pesca: va a llevarse a cabo en seis meses en Luisiana. Apenas si le pude ponerle atención, porque un hombre me sirvió un bacalao con papas, plátano y aguacate, que es el platillo típico del lugar. Lo único que quería en ese momento era servirme una nueva porción antes de que me sintiera lleno". Me reí y pensé que ése era mi marido: el hombre con amor a la comida, al que amaba con todo mi ser.

CAPÍTULO 12

MARÍA

Me encantaba ver esa foto de mi abuelita: tenía el cabello oscuro, el corte de cabello en capas y estaba de perfil viendo hacia arriba. La foto estaba impresa en tonalidades cafés y ella tenía sombras celestes en sus ojos maquillados, características de los años ochenta. Yo adoraba ver esa sonrisa. Cuando estaba chiquita me gustaba escaparme del cuidado de mis nanas en el patio, para irme a la bodega de su casa, y ver esa foto de la felicidad escondida entre los arreglos de Navidad. La mujer de la foto desapareció y en su lugar quedó una rubia despampanante con labios carnosos y pestañas voluminosas. Hay pocas fotos de mi mamá cuando era una niña, pero me pude imaginar que se veía igual que esa mujer que dejaron escondida en el almacén. Mi mamá tenía los mismos rasgos que mi abuelita, aunque con la piel un poco más aperlada porque mi abuelito es moreno claro, pero con los mismos labios inflamados y cabellos dorados decolorados.

Yo sentí que estaba lejos de parecerme a esa mujer de cabello negro del cuadro, me imaginé que las cosas serían diferentes si yo hubiera nacido con el cabello oscuro.

"Nadie la conoce", decía mi mamá todos los jueves en la reunión con sus amigas. Siempre hablaban de una desconocida. Para mi mamá ser conocida era una virtud en esta ciudad y cualquier persona tenía que ser conocida por ella o por sus amigas.

Por su parte, mi papá se juntaba con sus amigos a jugar dominó, reían, gritaban y se la pasaban felices en sus reuniones.

Tenía la impresión que a mi mamá le molestaba que mi papá se riera tanto con sus amigos, porque ella mandó forrar el cuarto de juegos con aislante para ruidos. Estoy convencida que el hecho de escucharlo reír así y disfrutar la vida de esa manera, hizo que empezaran sus problemas.

La casa en la que vivíamos mi papá, mi mamá y yo, era de mis abuelitos maternos. Mi abuelito materno tenía un negocio de Consultoría y era muy exitoso y reconocido a nivel nacional. Por su parte, mi papá era un hombre muy conocido en San Pedro, del tipo de hombre que le gustaban a mi mamá. Mi papá tenía dificultades para tener un trabajo bien remunerado y muchas veces mi mamá le dijo que podía hacer algo mejor con su vida.

Veo las fotos de mis piñatas cuando era una bebé, eran unas fiestas espectaculares que se hacían en la casa de mi abuelita materna. Me compraba vestidos llenos de crinolinas, y se tomaba muchas fotos conmigo. "Eres igualita a mí", me decía feliz mientras sus amigas se veían entre sí con incomodidad y tomaban del vaso de agua que estaba frente a ellas. Me pedía que fuera a la mesa donde estaban ella y sus amigas, y me preguntaba: "¿A quién te pareces, mi vida?, yo le contestaba gritando: "¡A ti, abuelita!". Me gustaba la forma en la que me abrazaba, tenía un sentido de pertenencia a esa familia. Sentí que mi abuelita me quería a mí, más que a nadie en el mundo, y su amor crecía más cuando sus amigas estaban cerca. Tenía una extraña obsesión con repetir sus opiniones sobre nuestro parecido físico.

Me acuerdo que había payasos en mis piñatas. Ellos me decían que podían hacer la figura que yo quisiera con esos globos. Las niñas le pedían al payaso que les hiciera perritos, coronas de princesas o caritas felices. El payaso se acercó a mi preguntando qué quería; yo le dije: "Hazme el cabello negro". El payaso se rió por unos segundos y me hizo una flor rosa. Yo tiré la flor al piso y me fui a esconder a una de las casitas de madera que había en el patio de mi abuelita. Quería parecerme a la mujer de la foto en la bodega, pero en realidad yo era muy diferente.

Cuando tenía cuatro años de edad, mi papá le empezó a

reclamar a mi mamá que gastaba mucho dinero: "Tienes que ajustarte a lo que yo te puedo dar Sandra", le dijo. A mi mamá le gustaba echarle en cara que todo lo que había pagado mi abuelita. Le decía que si fuera por él, sólo tendría un pastel de cumpleaños de supermercado. "Tenemos una imagen que mantener, Gustavo; una hija perfecta, y una vida perfecta. Empieza a buscar nuevos horizontes laborales para que puedas seguir nuestro paso", le ordenó mi mamá. Él pateó uno de los botes de basura que estaba cerca, lo hizo tantas veces que pensé que se iba a lastimar el pie. Mi mamá se fue a hablar con una de sus amigas por teléfono para hablar acerca de la mujer desconocida, y le preguntó si podía averiguar un poco más de ella.

Un año después, mi mamá se embarazó de nueva cuenta. Le hicieron muchas fiestas para celebrar el embarazo, salió en muchas revistas de la ciudad. "Gustavo me dice que estoy loca. La verdad es que ya no me da hambre en esta etapa del embarazo. Me desagrada verme al espejo y verme gorda", le dijo a sus amigas. Algunas de ellas se preocupaban por ella y le decían que era necesario alimentar a la bebé que traía en el estómago. "El doctor me dijo que la bebé era primero. Que mi cuerpo iba a jalar la grasa si no comía, por lo que tenía que alimentarme bien o iba a empezar a bajar de peso. Prefiero bajar de peso", le dijo a una de sus amigas sonriendo como si hubiera dicho un chiste. Siento que mi mamá pensaba que era graciosa, pero cuando se levantaba al baño, las amigas comentaban lo mal que estaba.

Mi hermana Katia nació pesando menos de dos kilos; el doctor insistió que tenían que despertarla para que comiera, necesitaba ganar peso. Se parecía a la foto de bebé de la etiqueta que ponen en las papillas y también se parecía a mí. Estaba muy chiquita, tenía el cabello plateado, unos ojos hermosos y grandes, la piel blanca y los labios abultados. Tanto mi mamá como mi abuelita se tomaban fotos con ella y conmigo. Me encantaba ver la felicidad que ambas sentían estando a mi lado y al lado de mi hermana en esas fotos.

La mayoría de los niños a mi alrededor tenían el cabello parecido al mío, pero a través de los años, el cabello y los ojos de mis compañeros de escuela empezaron a cambiar; se empezaban a hacer más oscuros mientras mi cabello permanecía igual de rubio.

Un día que estábamos en el Club, una señora le dijo a su hija que el cabello se le estaba aclarando por el cloro de la alberca. Desde ahí decidí nunca más ir a la alberca del Club. Me daba miedo que se me pusiera blanco. La gente podía pensar que tenía una enfermedad. En una ocasión mis papás, mi hermana y yo nos fuimos a Estados Unidos de vacaciones, el oficial de aduana tomó nuestros pasaportes y le preguntó a mi mamá quienes éramos nosotras. "Son nuestras hijas", le dijo con seguridad. El oficial de migración se rió, y nos llevó a un cuarto para interrogarnos. Una señora me preguntó cuál era el nombre de mi papá y de mi mamá, y a qué escuela iba. Nos preguntó si recordábamos otros papás antes de éstas personas. Yo le dije que no. La señora uniformada nos pidió a Katia y a mí que nos sentáramos en una oficina. Mi mamá estaba molesta gritando que por qué tenían las dudas acerca de nuestra apariencia, pero los oficiales se seguían riendo de ella en cuánto salían del cuarto de interrogación. Después de cuatro horas, los policías nos dijeron que nos podíamos ir. "¡Voy a demandarlos! ¡Cómo se atreven!" les dijo mi mamá. El oficial le dijo que si lo hacía, nos podían hacer una prueba de ADN para comprobar que no éramos sus hijas, y fue cuando mi mamá guardó silencio.

Katia y yo empezamos a llorar porque mi mamá estaba muy enojada. Desde ese día mi mamá nunca volvió a ser la misma, se decoloró más el tono del cabello, y su boca se hizo más grande.

Llegamos a la casa de mi abuelito en Estados Unidos. Katia y yo nos quedamos acostadas en uno de los cuartos. Mi papá le reclamó a mi mamá lo que había hecho con sus vidas. Se oía desesperado, le pegaba a las paredes y yo sentía la necesidad de ir a abrazarlo para que se tranquilizara. "¿En qué momento me dejé convencer de hacer esta farsa? ¿Qué tenía de malo tener nuestros propios hijos como todos los demás?", le dijo mi papá. "Tanto tú como tu madre están dementes, viven en un mundo irreal. ¿Qué va a pasar cuando las niñas se den cuenta que son diferentes?". Mi mamá le gritó que se callara: nosotras nos parecíamos a mi abuelita y a ella, y era todo lo que importaba. "¿Crees que se parecen a la mujer en la que te convertiste, Sandra? ¿Crees que el mundo es daltónico?", le gritó mi papá, desesperado. Mi mamá le gritó que se callara o se iba a divorciar de él. Mi papá salió del cuarto y azotó la puerta.

Yo me levanté de mi cama con mucho miedo, prendí la luz del baño y me vi en el espejo; sabía que era diferente a las personas a mi alrededor. La mayoría de las niñas con las que convivía en la escuela tenían el cabello castaño claro, y la piel blanca; se parecían a sus mamás y abuelitas; la diferencia de colores entre ellas podía ser cuestión de genética. Pero mi cabello, mi piel y el color de mis ojos era algo diferente a los de todos ellos. Agarré el teléfono de mi papá, el que había dejado en mi cuarto y empecé a buscar en un navegador de internet la probabilidad de que luciera así, con las características físicas de mis padres y mis abuelos. Encontré varias páginas, empecé a ver las probabilidades genéticas de mis amigas. Vi un mensaje diciendo que el cabello de las personas se oscurecía con el tiempo. El cabello natural de mis papás y mis cuatro abuelos era tan negro como el chapopote, que debieron pasar miles de años para que hubieran nacido con un cabello como el mío. Intenté las probabilidades de mi amiga Irene: la combinación entre sus papás y sus abuelos le daban ochenta por ciento que luciera así. Luego me acordé de Rebeca: tenía una abuela con ojos verdes como el pasto, y ella los tenía igual, la probabilidad era de diez por ciento. Era probable que fuera hija biológica de sus papás.

Cuando puse las características físicas mías, las de mi hermana, las de mis papás y mis abuelos, me di cuenta que era más probable sacarme la lotería a que fuéramos hijas biológicas de mis padres. El hecho que mi abuelita materna fuera blanca con cabello decolorado no me haría lucir así. Empecé a llorar y busqué fotos de modelos rusas en internet, y encontré dos que podían ser mis madres. Tenían mis mismos colores y mi misma forma de cara. Me parecía a ellas, no a la mujer que le estaba gritando a mi padre en el cuarto de al lado. Cuando ella se ponía maquillaje nos parecíamos más, pero cuando se acababa de levantar, sin arreglarse, parecía una copia mía de mala calidad.

Cuando regresé a San Pedro le pedí a mi mamá que nos llevara a casa de mi abuelita; yo quería sentir la seguridad y el amor en sus brazos. Llegamos a abrazarla y a decirle que la habíamos extrañado mucho. Una de las mujeres que estaba en su sala le preguntó de dónde yo había sacado esos ojos tan bonitos, que si mi mamá se había casado con un ruso. Los hombros de mi abuelita se hicieron hacia atrás, parecía que le incomodaba la pregunta y le contestó: "Se parecen a los de mi mamá", quitándole importancia al comentario. La mujer soltó una carcajada y le dijo: "Tu mamá tenía el cabello y los ojos oscuros. Me acuerdo que vivía en la Delegación Iztapalapa en la Ciudad de México frente a la casa de mis papás, antes de que se mudara aquí a San Pedro".

Mi abuelita apretó los dientes, se puso roja y le dijo a la nana que me fuera al patio a jugar con los columpios. Nunca supe que le dolió más: que le dijeran que mi bisabuela tenía el cabello negro, o que vivía en esa delegación. Durante los siguientes cuarenta días mi abuelita se encargó de hablar pestes acerca de esa mujer. *La cuarentena* era lo que duraba la molestia de mi abuelita. Le comentaba a sus amigas por teléfono que era una mujer con un pasado sospechoso, y que sus nietos difícilmente se parecían a ella. Les dijo que sabía que había sido bailarina exótica en su juventud, que su esposo era un don nadie y que era mejor que se mantuvieran alejadas de ella. Desde ese momento, nadie le volvió a preguntar acerca de nuestra apariencia física. Cuando alguna desconocida preguntaba porqué yo lucía así, ellas le pedían que se callara. Me empezó a dar migraña cada que veía a las personas observándome con interrogantes.

Cuando las redes sociales comenzaron a tomar auge, mi abuelita subía de forma diaria una foto de nosotros con un vestido nuevo. Llegaba a nuestra casa con los vestidos para nosotras, y un fotógrafo. Algunos de los vestidos se parecían a los que ella traía. Si alguna de sus conocidas le ponían como comentario en la foto: "Igualitas", esa mujer estaba desayunando al día siguiente en su casa, y la consideraba una nueva amiga. Pero esos comentarios empezaron a ser menores cuando pasaron los meses. Los desayunos, con nuevas amigas, desaparecieron.

Me gustaba sentirme protegida por ella, una noche me dormí en su casa y me dijo: "Hay gente envidiosa en este mundo María. Gente que siente coraje que seas tan hermosa y te parezcas tanto a mí. Es importante que a esa gente la deseches de tu vida. Tú te pareces a mí, ¿entendiste?", me dijo indicando su cara. Yo le creí y le dije que sí. Mi abuelita se quedó conmigo hasta que me quedé dormida y al día siguiente me compró dos muñecas que se parecían a nosotras.

Un día mis papás se fueron a una boda fuera de San Pedro. Katia mi hermana y yo estábamos buscando dinero para ir a comprar unos juegos de moda. Nuestra nana estaba muy ocupada hablando por teléfono con una amiga, y nosotros nos subimos al cuarto de mis papás. Katia y yo empezamos a presionar los números de la caja fuerte, hasta que nos dimos cuenta que se abrió con los números de mi fecha de cumpleaños. Dentro de la caja había un archivo que tenía las fotos de dos personas: una parecía una joven modelo holandesa y se parecía mucho a mi; y un hombre que también parecía modelo con rasgos de mi papá, pero era muy rubio.

"¿Quiénes son?", me preguntó Katia. Yo le dije que seguro eran amigos de mi mamá. Pero ella me arrebató la carpeta y me dijo: "¿Serán nuestros verdaderos padres?". Mi hermana vio las fotos con fascinación.

Siempre pensé que yo era la única con dudas, pero mi hermana de ocho años ya sabía que había algo diferente en nosotros. "Somos igualitas a mi abuelita", le respondí, "yo vi como creciste en la panza mi mamá". Katia se rió tanto que me empezó a causar molestia. "¿Realmente crees que nos parecemos a ellas? ¿Estás ciega María?", me dijo mi hermana. "Encontré en internet decenas de procedimientos que hay para tener niñas que luzcan como nosotras", me dijo. Mi mente se negó a reconocer como padres a esas personas en la carpeta. Las fotos tenían sólo identificadores, sin nombres o lugares donde podía encontrarlos. Puse los papeles de nueva cuenta en la caja fuerte, pero Katia me gritó que quería quedarse con la foto de la modelo holandesa. "Quiero saber que tengo una madre", me gritó. Yo le dije que teníamos una madre, pero la forma en la que veía la foto me dio tanta ternura, que dejé que la conservara.

Los pleitos de mis papás se agudizaron, se peleaban por todo; por la forma de vestir de mi mamá o porque mi papá se juntaba con gente que mi mamá consideraba que estaba lejos de su nivel. Mi papá le reclamó a mi mamá el exceso de las cosas que se compraba, y le dijo que tenía que regresar a la realidad. "Tu gasto es exorbitante. Tienes que ajustarte a la vida que te puedo dar", mi mamá se rió y le dijo que él sólo pagaba por los gastos de supermercado, todo lo demás lo estaban pagando mis abuelitos. "No puedo seguir viviendo en esta farsa, Sandra" le dijo mi papá. Mi mamá le gritó que se fuera de la casa y que se iba a divorciar de él. El fin de semana hablaron con Katia y conmigo, y nos dijeron que se iban a separar. Mi hermana y yo lloramos mucho y mi papá nos dijo que todo iba a estar bien. Empecé a resentir estar lejos de mi papá. Cada vez nos visitaba con menor frecuencia.

Por palabras de mi madre, su vida empezó en el momento que firmaron el divorcio.

Se sometió a varias cirugías para moldear su figura. Parecía una muñeca rubia platinada. Un día subió una foto en una red social en un diminuto traje de baño color carne; estaba abajo una caída de agua con una pose de estatua griega. "¡Qué increíble se ve tu mamá!", me dijo Laura, una de mis amigas, cuando estábamos en la cafetería de la escuela. Laura comentó la foto en la red social y le escribió: "Bellísima tía, me encantaría verme así a tu edad". Nos entregaron el desayuno que habíamos pedido, Laura volteó a ver su celular y me dijo que mi mamá la había eliminado de sus amigas. "A lo mejor se equivocó", le dije a Laura. Pero se distrajo al ver a uno de nuestros compañeros que empezó a bailar en el comedor con el aplauso de todos.

Mi mamá siempre estaba de viaje y mi abuelita estaba muy ocupada para estar con nosotras. Yo quería que se siguiera tomando fotos con nuevos vestidos, pero le dejó de interesar hacerlo. Las empleadas domésticas nos hacían de comer, y el chofer nos llevaba a donde queríamos. Empecé a salir con amigos a las fiestas y comenzó la mejor época de mi vida; nadie me reclamaba a la hora que llegaba, ni con quién estaba.

En una ocasión estábamos en una fiesta, y mi amigo Óscar mandó un chiste al chat de su grupo de amigos; volteé a ver la pantalla de su teléfono para ver de qué se estaba riendo y le pregunté: "¿Tienen la foto de mi mamá en traje de baño como portada del grupo de amigos?". Óscar guardó su teléfono y me dijo que no. Le sonreí y le dije que mi mamá tenía una figura espectacular, que me sentía muy orgullosa de cómo se veía. Óscar se me quedó viendo de una forma que nunca olvidaré; nunca pude descifrar qué estaba pasando por su mente. Todavía sueño con la cara de Óscar, y la imagen de mi mamá con un traje de baño que apenas le cubría las partes privadas de su cuerpo.

Mi papá se fue a vivir a un departamento. Encontró una señora joven y muy linda con el cabello castaño largo, me gustaba cómo se le acomodaba el cabello cayendo por los hombros. Se casaron en una ceremonia sencilla, y un año más tarde tuvieron a su primer hijo al que llamaron igual que mi papá. Mi abuelita paterna lo agarraba y lo besaba cada segundo. "¡Eres mi sangre, mi amor!", le decía. Desde ese momento, Katia y yo empezamos a ser invisibles para nuestros abuelos paternos. Gustavo, mi medio hermano, se parecía mucho a mi papá. Tenía su misma risa y era la razón de existir de toda la familia de mi padre. Pensé que si yo tuviera el cabello negro, hubiera captado la atención de la familia, pero no funcionó cuando me lo pinté. Las raíces me empezaron a crecer y parecían canas. Lo oscuro del tinte contrastaba con lo rubio de mi cabello real, por lo que tuve que regresar a usar mi color natural.

Las cosas en la escuela se empezaron a poner difíciles. Antes era de las niñas más populares de la escuela, pero con el tiempo eso cambió. Mis amigas me dejaron de invitar a sus casas a jugar con ellas. Un día, una compañera de la escuela me estaba diciendo groserías, y yo sentí que le tenía que poner un alto. "Si sigues molestándome Gina, le voy a decir a mi mamá", le dije. Mi mamá era una mujer muy poderosa en su círculo social, nadie se atrevía a meterse con ella. Gina volteó, se rió y me contestó: "Cuando sepas quién es tu madre, vas y te quejas con ella". Sentí cómo el dolor me nubló el cerebro, me aventé encima de ella, la rasguñé y le jalé el cabello hasta que una maestra nos fue a separar. Me pidieron que me quedara sentada en la oficina de la directora, hasta que las lágrimas secaron mi frustración.

Mi papá llegó con apuro a la escuela; yo lo vi y lo abracé con mucha fuerza; mi papá se quedó conmigo hasta que me tranquilicé. "No logramos localizar a su esposa", le dijo la directora. Mi papá le dijo que mi mamá era su ex-esposa y me preguntó qué había pasado. Yo le dije que esa niña me estaba molestando. "Dime qué ocasionó que la atacaras, María", me dijo con voz suave. Parecía que quería salvarme, parecía que le importaba, pero le respondí: "Esa niña me ha estado molestando". La Directora le dijo que me iban a suspender unos días del colegio, y que era necesario que me dieran orientación. Mi papá le dijo que entendía por lo que estaba pasando, me abrazó y esperamos a que Katia saliera de sus clases.

Nos prometió que íbamos a cenar todos juntos y que tendríamos una plática de familia, como lo éramos antes. Yo me imaginé que íbamos a estar los tres, pero su nueva esposa estaba en la casa y fue la encargada de prepararnos de cenar. Al principio nos sentimos incómodas, pero después nos reímos mucho mientras comimos unas tortas. Mi papá nos contó historias de cuándo estábamos chiquitas, y todas las cosas que decíamos cuando éramos unas bebés. Nos dijo también que estaba gozando ver a Gustavo crecer y empezar a caminar. Mi papá le sonrió con complicidad a su esposa, y le dijo que era la oportunidad perfecta para darnos la noticia: "Quiero aprovechar el momento para comunicarles que van a tener una hermanita. Estamos esperando una niña", nos dijo mi papá, tocándole el estómago a su esposa.

Algo sentí en mi pecho, un dolor que era incontrolable; volteé a ver a Katia y estaba amarilla. La esposa de mi papá estaba embarazada, iban a tener una niña que se iba a parecer a él, y que iba a reemplazar nuestro lugar en su corazón. Lo mejor que pude decir fue: "Ojalá se parezca a Gustavo, papá, está súper graciosito". Su nueva esposa se quedó tiesa por unos segundos, me volteó a ver, se levantó de la mesa y se fue al cuarto de Gustavito. Yo volteé a ver a mi papá y le dije: "Eso es lo que dice mi mamá acerca de tu hijo". Él se me quedo viendo a los ojos, parecía molestia lo que salía de ellos. Yo le dije que ya era hora de que nos regresara a la casa y sentí que le dio gusto dejarnos ahí.

Tras el accidente en la escuela, la mamá de Gina se encargó de crucificarme con todas sus amigas. Mandó fotos a sus chats con los rasguños que le había ocasionado. Gina tenía los ojos llorosos, parecía que estaba rezado, se veía angelical aun con las heridas en la cara. Nada más le faltaba traer un velo blanco que le cubriera el cabello. ¡Vaya hipócrita!, pensé. Si la gente supiera lo cruel que fue, dejaría de parecer un ángel. Sentí que si yo le decía al mundo lo que Gina me había dicho, las personas que todavía no se daban cuenta que yo era diferente, lo iban a empezar a notar, por lo que preferí quedarme callada.

Las fotos de Gina llegaron a un grupo donde mi mamá era miembro, y después de unos días, en los cuales reforzó su bronceado en las piernas, decidió regresar de su viaje a hablar conmigo: "¿Qué está pasando?", me dijo el día que llegó. Estaba molesta porque tuvo que recortar el tiempo de su viaje. Sentí que era muy difícil para mí explicarle, que me sentía sin identidad y sin pertenencia, sentía que nadie me escuchaba. A ella solo le interesaban sus viajes y sus amigas, y todos mis abuelitos se habían olvidado de mí. Mi papá estaba tan enfocado en su nueva familia que se olvidó de nosotras.

Dudé en hacerle la pregunta, pero me fue imposible quedarme callada: "¿Soy tu hija, mamá?", le pregunté en voz baja, y con miedo. Mi mamá empezó a gritar diciendo que debía dejar de escuchar a gente envidiosa. Yo le contesté: "Investigué en internet. Las probabilidades de ser tu hija biológica son cercanas a cero". Mi mamá me contestó: "Yo era güerita cuando estaba chiquita". Yo le pedí que me enseñara una foto, sus raíces del cabello se veían negras como la noche. Respiró profundo, me comentó que todas sus fotos de bebé las tiró y luego me dijo que me iba a decir la verdad: "Tu padre no podía tener hijos; tenía un problema genético, así que tu abuelita escogió un papá para ti en un almacén de papás en Estados Unidos. Yo soy tu mamá, ¿puedes ver el parecido?", me dijo señalando su cara. Yo le quise contestar que no; la sonrisa de la modelo en la foto me recordaba a quién me parecía.

Le contesté tratando de enfrentar su mentira: "La esposa de mi papá va a tener una niña". Mi mamá se enojó y empezó a gritar que era la culpa de mi papá el que estuviéramos así. Le habló por teléfono y le dijo que le prohibía volver a acercarse a nosotras. Estábamos pasando por un momento de crisis, y él estaba agudizando nuestros problemas con sus "buenas noticias". Pensé que mi mamá iba a querer hablar con Katia acerca del almacén de papás, pero una amiga le llamó por teléfono y empezó a reírse con ella. Parecía importante más hablar por teléfono, que explicarnos nuestro origen.

Katia y yo empezamos a tomar alcohol en la casa. Hacíamos fiestas con nuestros amigos hasta que la policía iba a callarnos. Nuestras fiestas seguían hasta las cuatro o cinco de la mañana, y cada vez nos volvíamos más populares entre nuestro círculo de amigos. En una ocasión uno de mis amigos se intoxicó en una fiesta. Cuando fui a verlo al hospital para llevarle un globo, su mamá me dijo que me alejara de su hijo. Apretaba los dientes y parecía que sus ojos me gritaban que me fuera de ahí. Yo le hablé por teléfono a mi mamá y le conté lo que había pasado. Me dijo que en dos semanas regresaba a casa para lidiar con ese asunto. Parecía que su poder en la sociedad se iba desvaneciendo, porque cada vez se oían más voces hablando de lo equivocada que estaba en su vida. Parecían odiar todo en lo que se había convertido, pero yo pensé que le tenían envidia por su figura.

Cuando llegué a mi casa, decidí ir a la iglesia; me senté en una banca y le pedí a Dios que me diera respuestas: ¿quién era yo y qué hacía en este mundo? Pero Dios prefirió quedarse callado mientras las lágrimas recorrían mi cara. Sentí cómo iba en caída libre, en un precipicio sin fin; me cansé de la misma gente, de las mismas fiestas y de las mismas miradas de las mamás de mis amigos rechazándome. Me empecé a convertir en alguien que todos querían evitar. ¿Era un rechazo hacia mí, o a lo que se había convertido a mi mamá? ¿Por qué las mamás me culpaban de todo lo malo que pasaba en la vida de sus hijos? Mi voz dejó de ser importante; sentí que las decenas de años de poder social que mi familia había acarreado, se desvanecieron en mi generación. Y ahora estaba siendo juzgada por ser su sombra.

Decidí cambiar mi vida. Al siguiente día me levanté e hice unos hotcakes con moldes diferentes. Katia, mi hermana, se levantó y sonrió cuando me vio en la cocina; como pocas veces la había visto sonreír de esa manera. Les pusimos cajeta a los hotcakes, mermelada y chispas de chocolate, nos reímos con todas las formas que pudimos hacer. Katia me abrazó y me dijo que se sentía perdida en el mundo y estar a mi lado la hacía sentir bien. "Eres mi única familia", me dijo mi hermana. Yo le di un beso y le dije que siempre estaría a su lado.

Me puse los tenis para caminar, y le pregunté a Katia si quería salir conmigo. Me dijo que prefería quedarse en la casa para ver una serie de televisión que le habían recomendado. Me fui a caminar al Bosque de Chipinque. No importa cuánto corría, sentía que estaba encerrada en el mismo lugar. Cuando me fue imposible dar un paso más, volteé a ver la ciudad y vi mi casa bajo la sombra del Cerro. Pensé que la mujer a la que llamaba madre, nos dejó crecer con libertad, con un abanico de posibilidades y todas estaban abiertas para mí. Nadie me puso letreros que me advirtieran que había caminos que tenía que evitar. Era un barco que zarpó en la dirección que yo elegí y ahora estaba perdida en el naufragio. ¿Qué hice mal? ¿Qué debí haber hecho diferente? Cada quien pinta su cuadro con los colores que conoce, y todo parecía indicar que mi gama de colores para pintar era despreciable para la sociedad en la que vivía. ¿Qué podía hacer esta mujer enfrentando la inmensidad de la oportunidad, contra un mundo acotado por las buenas costumbres? Sentí que era el cordero que todos querían crucificar para expiar sus propios pecados.

Justo cuando pensé que mi respiración me estaba fallando, escuché una voz cálida que me dijo: "¿La vista es increíble, verdad? Me encanta venir a caminar a este lugar". Mis ojos se enfocaron en la cara de ese hombre joven; tenía una sonrisa amable y auténtica, estaba vestido con ropa deportiva y parecía estar muy feliz con su vida, contrario a lo que yo sentía en ese momento. Sentí que mi mundo se detuvo y le sonreí viendo ese cabello negro y los ojos color aceituna.

CAPÍTULO 13

DENISSE

Me encantan sus besos. Hace un esfuerzo por poner sus pequeños labios juntos y siento que al transferir una parte de la saliva, transfiere también parte de su alma. Mi mejilla se queda con la sensación placentera durante horas. En las mañanas necesito sentir el agua caliente corriendo por mi cuerpo, para que se lleve todo lo que viví el día anterior, excepto sus besos, esos prefiero mantenerlos conmigo.

Leo tiene el cabello rubio. Parecen plantas de maíz en un sembradío. Se mueven como si tuvieran vida propia, como si el viento tuviera la misión de acomodarlo para que yo vea sus hermosos ojos. Se parece a Miguel. La primera vez que lo vi me pareció un león que tenía que luchar por su supervivencia; un león pequeño, que llegó a este mundo antes de lo esperado. Un león indefenso, que cambiaba de manos cuando nació; las enfermeras se llevaron a mi león y yo le grité que todo iba a estar bien. Le dije a Miguel que siguiera a nuestro Leo a dónde esas manos lo llevaran. Mi esposo me hizo caso y se fue tras de él, mientras yo me imaginaba los escenarios que seguían tras dar a luz a un bebé prematuro.

Tres meses antes de su nacimiento, un hombre frío y desinteresado aplanó mi abultado estómago con una máquina y nos dijo: "Me temo que tendremos que hacer más estudios. Es probable que tenga una complicación en el embarazo". Recuerdo haber salido de ahí, agarré mi teléfono y me puse a redactar frases que iba a utilizar en blogs de mamás en el futuro: "Jajaja, me decían que mi hijo podía tener un problema; mi problema fue, que a los tres años, el niño corría todo el día, y yo tenía poca energía para seguirle el paso. Está en el equipo representativo de soccer del colegio. Estoy orgullosa de mi campeón". Se sentía bien escribirlo. Ese día continué redactando: "Yo pasé por eso @mamápreocupada, pero hasta este momento la complicación sigue sin presentarse. Bueno, la complicación puede ser que es zurdo, y es el bateador estrella del equipo de baseball".

Recuerdo haber gozado esas frases, recuerdo haberme hecho la promesa de responder los blogs de las mamás primerizas preocupadas cuando escribieran en los foros que algo estaba mal con su embarazo, pero la historia resultó diferente. Aún guardo mis frases. Son como un tesoro que he resguardado en mis notas y han pasado de teléfono a teléfono por casi cinco años.

Si tan solo la gente viera a mi hijo como ven a los suyos. Esa mirada de incomodidad me persigue como pesadilla, como si me situaran en un grupo diferente, un grupo viviendo bajo la sombra de la discapacidad. Ven a mi hijo como un niño especial cuando trato de hacerlo parte del grupo. He puesto cada respiro, cada lágrima y cada onza de mi ser para salir adelante con mi hijo. He escuchado a varias señoras decir: "Mi niño batalla para mantenerse quieto por unos segundos. Comió demasiados dulces hoy, por eso anda tan acelerado". ¿Me pregunto si todos los días come demasiados dulces? ¿Por qué no puedo justificar a mi hijo? ¿Por qué una silla de ruedas evita que pase desapercibido por ser diferente?

Amo a mi hijo imperfecto, amo todo acerca de él, incluyendo esa silla de ruedas que lo transporta.

Sentí mis brazos fríos. Estaba viendo a lo lejos a Leo en su terapia física diaria. "Desconocemos si podrá caminar, Denisse. Dependemos de la tecnología que se pueda desarrollar en los siguientes años", me dijo el doctor. Me gusta el doctor Jaime Garza, tiene los bíceps marcados debajo de ese uniforme azul y una risa perfecta; me lo imagino cenando con súper modelos jóvenes y hermosas, las cuales pretenden estar interesadas por sus pequeños pacientes para agradarlo. Tiene un aura de luz que lo sigue a todos lados.

Trató de moderar la crudeza de sus palabras con una sonrisa, pero el interés sobre mi hijo se extiende mas allá que esa cortina azul sonriente. Los norteños tenemos fama de ser muy directos cuando hablamos, me pareció la oportunidad perfecta para probarlo: "Quiero un número. Deme un porcentaje de probabilidad de que mi hijo camine, doctor Garza". El hombre con ropa azul volteó a ver a su lado derecho y hacia abajo, hizo una mueca; lo estaba incomodando. Pero mi prudencia se desvaneció con el agua caliente que corrió por mi cuerpo en la mañana. "Es difícil dar un número, Denisse, confiemos que con el avance de las terapias podamos tener una posibilidad real". Sentí como si alguien prendía mi carro deportivo interno, el sonido que ruge en busca de poder correr a gran velocidad.

Me levanté, di unos pasos para sentarme junto a él, lo vi a los ojos y le dije: "¡Dame un número Jaime!". ¿Me pregunto cuántas onzas de saliva pasaron por esa garganta? ¿Esos ojos eran de misericordia o de cautela? Pero yo necesitaba un número. "Toma el valor que necesites y dame un número, Jaime", le dije con una voz más baja, pero más ronca. Era probable que llamarlo por su primer nombre, apretando los labios, haya cambiado las cosas.

"Veinte por ciento con la tecnología actual; tenemos que esperar el desarrollo de aparatos y el resultado de las terapias...". El veinte por ciento se perdió en los movimientos de los labios de Jaime, y mi mente se bloqueó. Veinte sobre cien. Si yo hubiera juntado un peso mexicano por cada persona que me vio con pocas posibilidades de llegar hasta donde estoy, tendría un bote grande lleno de monedas devaluadas frente al dólar americano. Era probable que tuviera que almacenar francos suizos, para tener un bote que me recuerde lo que he logrado en mi vida. La probabilidad de sacarme la lotería era una entre millones. Veinte por ciento era empezar por algo sólido, era una ventaja enorme. Los músculos de mi cara estaban evitando que mi garganta se cayera, pero respondieron a mi llamada para poder sonreír: "Veinte por ciento suena a gloria", le dije emocionada a Jaime. El doctor me analizó con mucha cautela, tratando de descifrar si lo iba a golpear o lo iba a abrazar. "Es un inicio, Jaime. Ese número se va a incrementar con el tiempo", le dije.

De ese momento en adelante iba a ser Jaime. "Denisse, es importante que entiendas que ese número es un estimado, hay que…". Si esto hubiera sido una conversación por chat, le hubiera dado clic a la mano extendida para evitar que siguiera escribiéndome. Puse mi mano frente a él para decirle que era todo lo que quería escuchar, y honró mi petición. Mi hijo terminó la terapia y nos despedimos de las enfermeras mientras mis músculos faciales seguían sosteniendo mi sonrisa.

El veinte por ciento y yo, subimos a Leo a la camioneta al salir de la terapia. Leo me dijo que le dolía la pierna izquierda; los ejercicios fueron exhaustivos. "Ayer vine a terapia mamá, ¿por qué tengo que venir de nuevo?", me dijo. Mi respuesta fue sencilla: "Todos los días empezamos de cero, Leo, ya lo sabes". Le puse el cinturón de seguridad, me subí a la camioneta y le dije: "Te voy a contar algo: José, tu amigo de la escuela, entrena todos los días con una pelota azul para poder jugar fútbol soccer". Mi hijo reaccionó de inmediato y me dijo: "¡Hoy estuve haciendo los ejercicios de la terapia con una pelota azul!". Puse una cara de sorpresa por su comentario. Por supuesto que vi la pelota azul. Veo cada uno de los ejercicios que le hacen y sólo intervengo cuando el terapeuta solicita mi ayuda. José es la estrella del equipo de fútbol de su generación, por lo que era buena referencia para que mi hijo pudiera relacionarse. "Me enteré de un secreto, ¿vas a guardar el secreto Leo?", le pregunté en voz baja. Mi hijo juntó sus labios hermosos y puso su dedo frente a ellos para hacerme saber que contaba con su discreción. "José tiene que hacer dos horas de entrenamiento diario para poder seguir siendo la estrella del equipo. A veces le duele, a veces llora, pero José nunca se da por vencido, por eso es un ganador".

Leo siguió con atención cada una de mis palabras. Mi expresión facial le preguntó si había entendido lo que significaba entrenar para ser un ganador. Mi hijo me respondió: "¿Mamá, voy a poder jugar soccer algún día?". Me lo dijo en secreto buscando la respuesta en mis ojos. Mi sonrisa se congeló y solo quedó un teatro imaginario lleno de personas guardando silencio para escuchar mi respuesta. Si hay alguna madre que se considere valiente, la reto a contestar esa pregunta.

Escenario uno: Le contesto que sí, y miento acerca del veinte por ciento.

Escenario dos: Le contesto que depende de él, y lo hago cargar con el peso de la culpa si fracasamos en lograrlo.

Escenario tres: Le digo que es muy pronto para saber, por lo que vivirá con esa incertidumbre rodando en las ruedas de la silla que lo transporta.

Mi respuesta merecía algo mejor. Me bajé del asiento del conductor, abrí al puerta de la camioneta para verlo a los ojos y le dije, sonriendo: "Todo es posible, Leo. ¿Qué te parece si nos fijamos una meta? Una meta para poder caminar, y cuando lo logremos, vamos a comprar una pelota de fútbol, y entrenaremos como lo hace José. Bueno, él se esfuerza demasiado, la mamá es una completa intensa, pero podemos entrenar un rato cada día". Mi Leo se rió con cada palabra que le dije; yo amé verlo reír de esa forma. Amo a mi hijo más que a mi propia vida.

Nos fuimos cantando en el camino. Llegamos a la escuela y lo llevé a su salón, los niños lo recibieron con alegría y le dieron abrazos. "Vas a tener que pintar un arcoíris Leo, con estos colores", le dijo un niño y le trajo una caja con lápices. Mi hijo empezó a pintar sobre una hoja, nombrando el color que estaba pintando. Cuando lo vi integrarse a su grupo, me retiré del salón.

Empecé a manejar rumbo al salón de belleza para que me arreglaran mi cabello y poder ir comer con mis dos amigas Nadia y Nydia; Miguel las apodó *Las Enes*. Eran el tipo de mujeres que amaban tomarse selfies fingiendo un beso a la cámara, o pedirle a algún buen ciudadano que les tomara una foto poniendo posición de voleibol. Como cuando alguien va a subir una pelota de voleibol que va cayendo frente a ella en el piso. Nydia subió a una red social la foto de voleibol dentro de su cuarto, llamándola: "Mi belleza natural". ¿Dos kilos de silicón caerían en la definición de natural?

Una mujer accionó el claxon de su camioneta para llamar mi atención, porque yo estaba invadiendo su carril de forma deliberada. Volteó a verme con una mirada de desprecio como si le hubiera escupido la cara. ¿Puso esa cara porque me acerqué unos centímetros a su línea? Cuando siguió manejando, empecé a seguirla de cerca, subiendo y bajando la velocidad al mismo ritmo que ella lo hacía. En el semáforo acerqué mi camioneta hasta donde la alarma de choque empezó a gritarme que volviera a ser yo misma, pero el sonido era muy débil para hacerme olvidar lo molesta que me sentía en ese momento. ¿Cómo podía alguien observarme de esa manera? Vi su mirada por el espejo retrovisor, esos ojos que me habían juzgado por invadir unos centímetros su carril estaban tratando de descifrar si yo representaba un peligro para ella o para el mundo. Avanzó con su carro un metro hacia adelante, invitándome a que yo también avanzara para saber si debía preocuparse; avancé como una invitación para que se atreviera a decirme algo. Para su buena fortuna, el verde del semáforo le otorgó la oportunidad de huir. Una parte de mí se sintió aliviada.

Llegué al salón de belleza donde Paty, mi estilista preferida, me estaba esperando para ponerle orden a mi cabello. Me avisó que le habían asignado a una nueva sucursal de la misma cadena de salones de belleza. El nuevo salón tenía una decoración espectacular, las orquídeas se veían vivas, y los espejos tenían una inclinación agradable a mi vista. Algo raro me hizo voltear a verlos. Paty me saludó con alegría y me pidió que la acompañara a los asientos donde lavaban el cabello; sacó un objeto de una bolsa y me dijo: "Te he estado esperando por varias semanas para darte este Santo, el cual es el patrón de todos los enfermos de mi pueblo, tiene agua bendita dentro, para que se la pongas a las piernas de Leo todas las noches, ¡es súper milagroso!". Sus ojos parecían estar hipnotizados por algún hechizo, que yo quería romper para explicarle que la discapacidad era diferente a una enfermedad. El problema de Leo había sido nacer prematuro. Pero Paty volvió a hablar: "Si Leo empieza a caminar en doce meses, prometí una manda para irme de rodillas tres kilómetros hasta el santuario de mi pueblo", y luego me cerró un ojo.

Veinte por ciento era la probabilidad de que esta mujer destrozara sus rodillas para agradecer que mi hijo volviera a caminar. ¿Qué había de malo en ofrecer algo menos peligroso como ayunar un día, o dejar de usar maquillaje tan cargado por veinticuatro horas? ¿Cómo se atrevía a sugerir algo tan equivocado, a algo tan sagrado para mí? Respiré tres veces seguidas poniendo cara de agradecimiento. "Se qué quieres llorar, Denisse; guarda tus lágrimas para cuando ese niño camine", me dijo. Le di un abrazo, para evitar que siguiera hablando y le dije que iba a guardar en mi bolsa el santo de plástico lleno de agua bendita. Siempre he sido una mujer católica, la que hace donaciones a las monjas, pero la vida me ha enseñado que el pragmatismo es la mejor religión e iba a evitar a toda costa exponer a mi hijo a sustancias peligrosas, por más benditas que estuvieran.

Paty comenzó a cortar mi cabello en capas, me preguntó por qué lo había descuidado todo este tiempo; me dijo que tenía que tomar vitaminas para evitar que se separaran las puntas; hablaba como si cada capa que cabello que cortaba le diera un nivel de sabiduría mayor: "Somos lo que bebemos y comemos. Si la gente comiera la comida correcta, permanecería sana". Paty bajó una capa de cabello más y siguió con su explicación: "Hay que tener una actitud positiva en la vida, las enfermedades están aquí", me lo dijo con esos ojos de hipnotizada, señalando el lado derecho de su cráneo con las tijeras de cortar el cabello, como tratándome de guiar al lugar donde se encontraba el mecanismo que regulaba la salud de los seres humanos.

Respiré tratando de encontrar un poco de tranquilidad en el aire. Rogué que el peróxido del ambiente me hiciera despertar del trance que estaba viviendo, pero solo había un olor suave y placentero en el ambiente. Paty parecía tener la verdad sobre la vida y era el peor momento para exponerle una teoría alternativa. Volteé a ver a la mujer que estaba a mi lado ojeando una revista de espectáculos. El hombre que la estaba atendiendo era un hombre joven con cabello estilizado con un fleco grande arreglado hacia atrás y un silencio que lo hacía lucir espectacular. Empecé a contemplar esa sexy y hermosa boca cerrada; me empecé a morder los labios viéndolo cortar el cabello con ese auto control de sí mismo. Pasaron veinte minutos y el hombre permaneció callado sin decir una sola palabra. ¡Vaya que había mujeres tan suertudas en esta ciudad!

La boca de Paty siguió moviéndose. Me veía al espejo buscando una señal de aprobación por sus palabras. Mi cuerpo reaccionó como monita hawaiana en el tablero de un carro, haciendo movimientos automáticos con mi cabeza hacia enfrente y hacia atrás; agarré mi control de televisión imaginario y la puse en modo de silencio para dejar de escuchar lo que me estaba diciendo. Sólo tenía que aguantar unos minutos más, para poder llegar al restaurante donde todo iba a ser diferente.

La secadora de cabello me dio un descanso. Paty siguió hablando, pero le dije que el ruido de la secadora impedía que la escuchara. "¿Prefieres que te planche el cabello?" me dijo. "¡No por favor!", le contesté con apuro y luego traté de moderar mi respuesta: "Prefiero que me lo seques con movimiento. Mis amigas me están esperando, necesito irme ya", le dije volteando a ver el reloj, sorprendida. Paty secó mi cabello en tiempo récord.

Pagué el servicio y me despedí de ella. Le pregunté a la recepcionista el nombre del estilista que estaba al lado de Paty. "Se llama Juan, es de reciente ingreso, todavía está en proceso de entrenamiento", me dijo la mujer. Me alegré que Juan fuera un estilista experimentado, hábil y uno de los más solicitados en el nuevo salón de belleza; era lo que necesitaba la próxima vez que me parara en ese lugar. Él y esos espejos raros, evitaron que saliera huyendo de Paty y su diarrea mental.

Llegué al restaurante a las dos de la tarde; el olor a especias me hizo sentir que había llegado al lugar correcto. El fuego que salía de la cocina me recordaba la presión se tenía que liberar del asador para que pudiera seguir funcionando. ¿O las flamas rechazaban la grasa tan pesada que caía sobre el carbón? Me dejé envolver por el olor a romero; olía a descanso.

Había evitado tomar alcohol desde que supe que estaba embarazada de Leo, y siempre me quedó la duda si las dos cervezas que ingerí en la luna de miel, descompusieron algún mecanismo de mi cuerpo evitando que mi hijo naciera como un niño normal. Pero hoy iba a ser diferente. Justo cuando iba a pedir mi bebida, *Las Enes* llegaron a abrazarme haciendo que todo el restaurante las volteara a ver. Se sentaron contándome la odisea que habían pasado para llegar. Yo volteé a pedirle al mesero que me trajera una banderita: un caballito de tequila, un vaso tequilero con limón y un vaso tequilero con sangrita preparada. "¿Andamos de buen humor hoy?", me dijo Nydia. El mesero me trajo el caballito de tequila y el de limón, y me dijo que la sangrita la estaban preparando como me gustaba: con mucha sal, mucha salsa inglesa, mucho clavo, y salsa picante. Algo que me hiciera despertar si estaba soñando. Cada que Miguel y yo visitábamos ese restaurante, pedía la sangrita preparada sin alcohol.

Me tomé el tequila de un solo jalón para destruir todo lo que apretaba mi garganta; mis amigas se quedaron perplejas cuando le dije al mesero que me trajera otro caballito de tequila. "Esta vez que sea doble", le sonreí. Vi a mi vecina Estíbaliz sentada en la mesa del centro con dos amigas. Era imposible que yo manejara mi carro después de este tequila; pero ya no iba ser yo misma para pedirle que me llevara. Volteé a ver a Las Enes y les pregunté: "¿Quién me puede llevar a mi casa después de la comida?", las dos levantaron la mano de inmediato. Le escribí a Miguel que me iba a quedar más tiempo con mis amigas; que por favor mandara al chofer por Leo.

Nadia habló de la falta de solteros viables en la ciudad, todos los buenos ya estaban comprometidos, y los que no, eran homosexuales. Nydia le respondió que dejara de juzgar a todos los hombres en solo dos categorías, había muchas formas para diferenciarlos. Me perdí en algún momento de la clasificación de solteros; la cuarta banderita me empezó a marear. Los hombres que estaban sentados con la rubia en la mesa de enfrente, lucían incómodos, volteaban a ver el reloj de forma continua. La rubia madura se daba cuenta y se bajaba la blusa. Cada vez que lo hacía, los hombres se le quedaban viendo con atención a los cuatro kilos de silicón que traía en el pecho. Pero bastaban unos minutos para que se impacientaran de nuevo y voltearan a ver al reloj. Uno de ellos buscó al mesero, haciéndole una seña para que les trajera la cuenta. "La rubia y su escote me están causando mareos", les dije a mis amigas. Las Enes se voltearon a ver entre ellas y dijeron que era el momento de irnos del restaurante.

Pude respirar aire caliente cuando salimos del restaurante. El hombre del valet parking me pidió el boleto de mi carro. Nadia agarró mi bolsa de mano, sacó el papel y vi en cámara lenta cómo se caía el molde de plástico del Santo Patrón de los enfermos. Nadia me volteó a ver con ojos que parecían de lástima. Nydia se me quedó viendo con duda y yo le dije con una sonrisa: "El agua que hay adentro, va a hacer que se le arreglen las piernas de Leo y se le destruyan las rodillas a Paty", luego cerré la boca apretando mis labios, porque quería vomitar. Nadia se asustó y soltó el recipiente del Santo, se cayó al piso y el líquido se empezó a salir del recipiente; dejé que se derramara. Mi equilibrio y mi tolerancia estaban lejos de poder hacer algo por él. *Las Enes* brincaron alejándose del agua, me subieron al carro y le pidieron al valet parking que se mantuviera lejos del líquido que se esparció. Los hombres se asustaron y se persignaron. Nydia y Nadia se preguntaron qué me había pasado para perder *el buen camino,* mientras yo veía muchas margaritas de mango cayendo como lluvia en el vidrio. Mis amigas me llevaron a mi casa y me subieron a mi cuarto.

Vomité tanto como pude mientras me sostuvieron del estómago; el vómito hizo que mi garganta ardiera más que el tequila, Me ayudaron a desvestirme, me dejaron en ropa interior y me metieron a la regadera con agua caliente. El agua parecía llevarse todo rastro de mi día mientras aplicaba en mi cabeza un champú con olor a menta. Saqué la mano por la puerta de la regadera, Nydia me dio una toalla, caminé y me senté en mi sillón de mi recámara. Nydia me cepilló el cabello diciendo que ese corte me quedaba bien, Nadia me dijo que me quería mucho, y me admiraba por todo lo que había logrado en mi vida. Me dijo que tenía que mantenerme fiel a lo que creía. La religión me estaba sacando adelante en el camino de sufrimiento que llevaba. Sus palabras se perdieron en el cansancio que me envolvía como si fuera una nube saliendo de una lámpara mágica. El genio del sueño se estaba apoderando de mí, yo me negué a escuchar una palabra más de ellas.

Me quedé dormida por varias horas. Mi garganta empezó a solicitar agua, enfoqué la mirada en el reloj que estaba en la pared: eran las siete de la tarde. Escuché el sonido de alguien entrando por la puerta principal. Me levanté de la cama, me lavé la boca y traté de esconder con enjuague bucal todo rastro de lo que había vivido horas atrás; ojalá pudiera mantener el tequila por más tiempo para recordarme lo bien que la pasé en el restaurante. Miguel entró al baño y me preguntó qué pasaba. Me abrazó hasta que el silencio mágico entre los dos logró que volviera a ser yo misma. Le sonreí usando esa risa perfecta que me había servido por mucho tiempo para reflejar que estábamos bajo control. La llamaba *la sonrisa del millón de pesos*, pero ese día, necesitaba decirle algo adicional a mi sonrisa sobrevalorada.

Usé mi mano para estamparle mi puño en el pecho como si fuera un sello, y le dije: "Veinte por ciento". Miguel sonrió y me dijo: "¿De qué hablas hermosa?". El sello en forma de puño volvió a estamparse en cámara lenta en su pecho, y le dije estirando mi sonrisa millonaria: "Veinte por ciento". Miguel se rió de forma nerviosa; le volví a pegar en el pecho con mi puño tratando de dañarlo; uno puño siguió a otro, y el que sigue con mayor intensidad. Miguel me dejó continuar sellando su pecho, mientras me preguntaba qué pasaba.

Empecé a llorar; mi llanto se tornó en gritos de desesperación. Miguel me sujetó con un abrazo tratando de tranquilizarme, pero mi dolor podía sentirse a kilómetros de distancia. Grité y lloré de forma amarga por unos minutos, sin que Miguel dijera nada; me abrazó tan fuerte que parecía que quería exprimir todo el dolor que me estaba causando ese lapso. Cuando sentí que podía hilar unas palabras le dije, gritándole: "El doctor le asignó a mi hijo veinte por ciento de probabilidades de caminar. Veinte por ciento, ¡uno sobre cinco!", le dije mostrándole los números con mis dedos. "¿Qué hice mal, Miguel? ¿Qué hicimos mal? ¿Qué estamos pagando con esto? ¡Puedo caminar de rodillas cientos de kilómetros en el infierno por mi hijo, pero esto está lejos de ser una prueba de resistencia para mí! ¿Dime cómo le contestas a un niño de cinco años que no va a jugar fútbol en su vida? Yo puedo aguantar lo que sea por mi hijo, ¿pero por qué él? ¡Es un niño inocente de cinco años! ¡Es apenas un bebé para ser castigado así!".

Miguel me dejó llorar por minutos mientras el dolor se purgaba de mi pecho. Si hubiera valuado mis gritos en millones, la sonrisa hubiera quedado como una amateur comparada con el ruido que emitía mi garganta. Sentí cómo le costaba pasar saliva, y cómo su corazón latía con más fuerza.

Después de tranquilizarme, me vio a los ojos con una tímida sonrisa y me dijo: "¿Sabes cuáles eran mis probabilidades de hacer un negocio como el que construí de la nada? Mi cabeza se volteó a ver la puerta en señal de rechazo. "Menos del cinco por ciento. Era un junior sin idea de cómo funcionaba la vida. Cuando te vi por primera vez…". Miguel hizo una pausa y siguió: "Cuando te vi por primera vez, sabía que mis posibilidades contigo eran nulas. Pero empecé desde cero para convertirme en un hombre al que pudieras admirar, y estoy aquí, a tu lado, soportando ese olor a tequila con salsa inglesa, abrazándote después de seis años de matrimonio".

La nube de sueño del genio de la lámpara se fue y le puse atención a mi esposo: "Somos gente que toma las probabilidades como lo que son, un número; a partir de ese número empezamos a construir. Estoy seguro que Leo podrá caminar y llevar una vida normal en el futuro. Te agradezco todo lo que haces por nuestro hijo Denisse, mientras yo veo la forma de seguir financiando nuestra vida y sus tratamientos. En días como hoy estaré feliz de tomar cualquier rol que se necesite para seguir avanzando. Todos necesitamos un descanso, y has trabajado duro durante meses, sin un día de descanso para ti. Debí haberlo notado. Es parte de lo que eres, y el compromiso que tienes para sacar a mi hijo adelante. La discapacidad está lejos de ser una prueba de Dios, es una forma de vida. Tú y yo vamos a enfocarnos en lo que Leo logre hacer, sin compararlo con los demás niños".

Le dije que sí de inmediato, un sí como el que pronuncié cuando me dio el anillo de compromiso, un sí como el que le dije cuando nos declararon marido y mujer. Un sí, como cuando prometí estar a su lado en lo próspero y en lo adverso.

Miguel me besó y me dijo lo mucho que me quería. Empezó a describir con palabras el sabor de mi boca: *ácidos gástricos, pimienta, sal,* encabezaron la lista de ingredientes.

Luego se me quedó viendo y me dijo: "¿Por qué *Las Enes* dicen que estas utilizando brujería para lograr que Leo camine?". Me explicó que mis amigas entraron a su oficina, reclamándole su infidelidad: "Me reclamaron que te estaba engañando con Paty, mi ex novia. Lo último que supe es que vivía en el Sur de México y eso fue hace años.

¿Qué es esa magia negra que contrataste para romperle las rodillas a Paty?". Mis carcajadas se oyeron con fuerza, mis ojos seguían expulsando lágrimas pero dejaron de ser de dolor. Amaba a mis amigas con toda mi alma, las imaginaba perfecto reclamándole a Miguel como si fueran parte de una novela mexicana.

"¿Me estoy perdiendo de algo Denisse?". Me fue difícil encontrar las palabras para explicarle lo que había vivido en el salón de belleza, la manda que Paty hizo con el Santo Patrón del pueblo, y que había días en que yo necesitaba silencio para poder lidiar con mi voz interna.

Miguel me abrazó y me dijo: "¿Qué te parece si te tomas la tarde de descanso? Yo llevo a Leo a la terapia, me lo llevo a cenar hamburguesas y papas, y tu agarras energía para empezar mañana de nueva cuenta".

Le sonreí y le dije que así lo haríamos.

Pensé en decirle que le pidiera pollo a Leo, porque las papas fritas tienen mucha grasa, pero entendí que era una tarde para ambos, una tarde de hombres fuera de su casa.

Agarré la almohada que había secado mis lágrimas cientos de veces, prendí la televisión y me puse a ver el capítulo de una novela que estaba pasando en ese horario. La protagonista le dijo a su amado que desconocía si su hijo era de él, o de su hermano gemelo. ¡Y yo que pensaba que tenía problemas! Eso no se quitaba con horas de terapia.

Me quedé viendo la televisión, tratando de encontrar una solución para la protagonista, pero el cansancio me venció y me quedé dormida. Sentí cómo Miguel me abrazó durante toda la noche.

A la mañana siguiente, Leo estaba acostado en mi cama, me dio besos en la cara con esos pequeños labios que presionaba sobre mis mejillas.

"¡Te quiero mamá!", me dijo.

Me gustan sus besos.

"Mi papá me trajo aquí, me dijo que necesitabas protección. Aquí estoy a tu lado, mamá. Yo te protegeré de cualquier monstruo. Me traje mi espada mágica para poder combatirlos". Me mostró la espada de plástico pintada de gris que nos iba a proteger de todo. Le acaricié esa hermosa cara que me recuerda lo mucho que se parece a Miguel.

"Ya estoy listo para irnos a la terapia. Hoy voy a hacer todo lo que me pidan sin quejarme, ni llorar. ¿Empezamos de cero hoy también, mamá?". Le contesté a mi hijo sonriéndole: "Hoy empezamos de veinte, Leo".

CAPÍTULO 14

MÓNICA

Una piñata es un objeto que se cuelga de un mecate y los niños le pegan con un palo, mientras las mamás cantan canciones animándolos. Una vez que la rompen, salen volando los dulces que hay dentro la piñata colgante y los niños se tiran al piso para recoger esos dulces. Pero en la ciudad de San Pedro Garza García, en México, piñata también significa la fiesta que se les hace a los niños para festejar su cumpleaños. Me gusta residir en San Pedro, mi vida es mejor en comparación con la vida que solía llevar en Honduras. Ésta es una ciudad industrial y cosmopolita; es como vivir en el primer mundo rodeada de esa calidez humana que nos caracteriza a los latinos.

Dejar de vivir en San Pedro Sula en Honduras fue una decisión difícil para Roberto y para mí. Nos tomó muchos días de insomnio y angustia decidir el cambio de residencia. Él dejó de trabajar en el ramo industrial y decidió explorar el ramo académico en San Pedro Garza García, mientras yo continuaba consultando como psicóloga escolar. Tenemos dos hijos: Matías de cinco años y Julieta de dos años de edad, quienes son nuestra razón de ser y por los que decidimos aceptar un empleo que nos permitiera convivir con ellos más tiempo.

En una ocasión, una maestra hondureña me pidió autorización para poder realizarle unas pruebas a Matías, mi primogénito. El departamento de maestros quería saber por qué respondía con tanta agilidad a lo que le preguntaban. "El IQ de su hijo es extremadamente alto, señora", me dijo un evaluador. Yo sabía que Matías era diferente, desde que estaba pequeño armaba legos siguiendo un patrón de colores, era ágil para armar rompecabezas, y su forma de hablar era muy elaborada en comparación a cualquier niño de su edad: "Eres el regalo más grande que Dios me ha dado, papá, te doy las gracias por haberme escogido como tu hijo", le dijo un día a mi esposo. Roberto se quedó sorprendido cuando nuestro hijo de tres años de edad le dijo esa oración. Pronunciaba las erres como eles, y hablaba poco, pero cuando lo hacía, nos dejaba en claro que teníamos un hijo diferente a los demás. "¿Haberme escogido como tu hijo?", Roberto pronunció las palabras mientras cenábamos una ensalada en la casa. "¿Qué niño de tres años dice algo así?", me dijo. Nos gustaba conversar con nuestro hijo, nos preguntábamos si Julieta iba a seguir con el mismo patrón que su hermano. Ahí nos daríamos cuenta si nuestro hijo era especial, o era parte de un linaje con las mismas características.

Desde las dos de la tarde, Matías me empezó a preguntar si nos podíamos ir a la piñata de su amiga. Me dijo que iba a estar presente un mimo, y habría muchas hamburguesas para las mamás. Matías quería mucho a su amiga del colegio y estaba emocionado por asistir a la celebración. "Toma el regalo de tu amiga, Matías, es hora de irnos a la piñata de Greta", le dije. Llegamos a la celebración y Matías corrió a buscar a Greta para abrazarla. Yo hubiera querido filmar en ese momento el cariño que brota en los niños de su edad, ambos se agarraron de la mano y corrieron para ir jugar con los demás niños.

El patio estaba lleno de globos blancos, rosas, y amarillos; algunos estaban colgados en la pared y otros rodaban por el piso mientras los niños los trataban de agarrar. Una señora le pidió a su hija que sonriera; estaba frente a unas princesas dibujadas en un cartón, pero la niña le señaló el trampolín diciéndole que quería irse con sus amigas. "Sólo una foto, te prometo que te daré una paleta si sonríes como las princesas", le dijo la señora. La niña sonrió, ella tomó la foto, y se puso a revisar si le gustaba cómo había salido. La niña corrió hacia donde estaban sus amigas, se quitó los zapatos, se arrancó el moño que traía en el cabello, volteó a ver a su mamá con molestia, y empezó a saltar emocionada a lo largo del trampolín. La mamá estaba perdida en su teléfono. Movia sus dedos en la pantalla con rapidez en diferentes partes de la pantalla. Cuando se detuvo junto a mí, pude ver su proceso de edición de fotos y el cambio de colores a unos más suaves. Subió la foto a una red social poniendo "¡Mi princesa es lo máximo!".

La niña empezó a aventar a las demás niñas de forma salvaje, pero la mamá sólo tenía ojos para la foto y el despliegue de notificaciones que le llegaban sobre quién le había puesto "Me gusta" en la red social. Su princesa estaba destruyendo todo a su paso como un tornado, mientras ella buscaba un sentido de pertenencia en un mundo de princesas.

Un señor estaba vertiendo Cátsup sobre unos panes, mientras unas niñas le gritaron que les pusiera más mayonesa. El señor estaba vestido con uniforme de caramelo; el carrito estaba pintado de una forma tan cuidadosa, que podía ser parte del parque de diversiones más elitista del mundo. El olor a mostaza llegó hasta donde yo estaba, me dio hambre al ver la forma en que estaba preparando la comida, se esmeraba para hacerla parecer artística: unos hotdogs artísticos.

Un mimo estaba amenizando la fiesta. Varias niñas se le acercaron y le pidieron que bailara con ellas. Él puso una pose de príncipe, con la cara viendo hacia arriba, bailando con formalidad como si estuvieran en un baile de graduación, moviéndose hacia la derecha y a la izquierda, con estilo. Las mamás voltearon a ver al mimo con interés; el señor parecía conocer la delgada línea entre lo divertido y lo incómodo. Se encargó de poner una distancia considerable entre él y las niñas, para asegurarse de hacer lo correcto, y que lo contrataran en más piñatas. Las niñas mostraron la emoción que sentían y saltaron con alegría. Me reí al ver a esas niñas hermosas; yo también quería ir a bailar con ese hombre tan simpático. De pronto, un niño de ocho años le pidió bailar con él, pero el mimo reaccionó de inmediato señalando a las niñas, haciéndole una invitación para que el niño bailara con una de las niñas del grupo; todas las niñas reaccionaron aplaudiendo. Me gustó ese mimo, pensé en invitarlo a la piñata de Matías dado que sólo faltaban un par de meses para que cumpliera seis años. Me agradaba la idea de hacer el festejo de mis hijos de una forma mágica.

Mis amigas estaban sentadas a unos metros de distancia en una mesa redonda. Amo todo acerca de esas mujeres; se convirtieron en mi nueva familia en San Pedro desde que nos tocó en el mismo salón del colegio. Llegué, las saludé y me integré de inmediato a la plática sobre partidos de fútbol soccer y clases de ballet. Catalina, la mamá coordinadora del salón dijo: "Perdimos el partido, mi niño se puso a llorar y le dije que perder nos hacía crecer". Catalina me saludó con un beso y siguió con su argumento: "¿Por qué es tan exitoso del pastel de pistache? Porque te muestra que la vida es dulce en cuanto tienes oportunidad de contrastarla con algo salado". Me agrada Catalina, usa poco maquillaje, siempre está sonriendo, y piensa que los mayores problemas de la vida se pueden resolver con homeopatía.

A lo lejos Melissa Garza venía ondeando la mano con esa sonrisa de lado a lado. Traía puesta una blusa melón y un short blanco que representaban lo relajada que era: se acercó a saludarme dándome un beso en la mejilla y me dijo: "¿Hay algo que nos quieras compartir acerca de Matías, Mónica?". Podía poner cincuenta pesos mexicanos sobre la mesa para apostar que sería algo positivo de mi niño. Matías ha sido desde un sol desde bebé, y sé que conoce la diferencia entre lo correcto y lo incorrecto. Melissa se sentó con una sonrisa pícara, poniendo su bolsa en la silla, lista para contar la odisea en la mesa. Juntó las manos, moderó su sonrisa y nos dijo que había sido lectora invitada en el salón de Matías de pre-kínder. "Nuestros hijos se portaron de maravilla, participaron con buena actitud cuando les leí el libro que mi Mariano escogió", nos dijo. Mis amigas acomodaron sus sillas y se hicieron hacia enfrente, como si con eso pudieran captar una mejor parte de la historia. Melissa nos dijo que cuando terminó de leérselos, la maestra del salón les preguntó a los niños su opinión. "¡Quiero dulces para Halloween!", dijeron algunos de los niños, mientras Matías se quedó callado escuchando a sus amigos. Cuando todos habían participado, la maestra le preguntó: "¿Matías, qué nos puedes decir de la historia?".

Los niños voltearon a ver Matías; mi hijo respiró profundo, enderezó su postura y dijo: "Lo que aprendí de la historia, es que el niño que sale en el cuento es un solucionador de problemas". Mis amigas soltaron una risa espontánea por lo que dijo Melissa, me vieron de reojo para conocer mi reacción, pero mi cara mostró la misma sonrisa de cada historia que me contaban sobre mi hijo. Melissa abrió la boca para mostrar la sorpresa, y utilizó su mano para ayudar a su boca a cerrarse, lo cual causó más risas entre nuestras amigas.

La maestra le preguntó a Matías por qué pensaba que el niño de la historia era un solucionador de problemas. Matías contestó: "Por durante toda la historia, el niño trató de convencer a su dragón de no tener miedo de Halloween y lo logró". Melissa sacudió la cabeza con fuerza en señal que tenía dificultad para entender lo que un niño de cinco años estaba diciendo. "Mi hijo Mariano decía que quería pedir dulces de Halloween y Matías vio a un niño solucionando los problemas de su dragón. ¿De qué me perdí?". Sonreí al oír las risas de todas. Sabía que ése era mi hijo. "¿Algo que nos quieras compartir Mónica?", me volvió a preguntar Melissa. Le contesté tratando de mantenerme humilde: "Nos hablaron del colegio, me dijeron que tenían que subir a Matías un grado, porque este grado escolar ya no era para él, pero Roberto y yo todavía tenemos dudas".

Las mamás se acercaron a mi queriendo obtener más información, animándome para que les contara más acerca de lo que estábamos pasando por ese momento. Me dijeron que se sentían orgullosas de tener un niño prodigio en el salón, y aunque lo cambiaran de grado escolar, siempre serían mis amigas y nos considerarían parte de todos ellos.

Catalina dijo: "Ya se habían tardado con esa decisión. La verdad es que cuando las maestras les pedían a nuestros hijos que pintaran lo que les gustaba, dibujaban circulitos o caritas felices. Matías escribía con palabras: estrellas, planeta, galaxia. Tu hijo es especial, Mónica, y debes estar muy orgullosa. Cualquiera de nosotras estaríamos felices de estar en tu lugar". Me quedé con esa frase dando vueltas en mi cabeza, volteé a ver a mi Matías: estaba jugando fútbol con los niños de su salón, y lo abrazaron festejándolo cuando metió gol. Era un niño común ordinario, pero con un cerebro que avanzaba a velocidad de una forma extraordinaria.

Una de las señoras de la mesa de enfrente levantó un chupón del piso y le dijo a su bebé: "¿Por qué te tiras el chupón Valeria? ¡Es la quinta vez que lo avientas y tengo que enjuagarlo con agua cada que lo haces!". Matías venía caminando hacia mi mesa, se le acercó a la señora y le dijo con voz respetuosa: "Se me hace que Valeria tiene sed". La mujer se le quedó viendo unos segundos, sacó un vasito de bebé de la pañalera y la niña se tomó el agua de inmediato. "¡Solucionador de problemas!", dijo Melissa ante la risa de todas. La señora le agradeció a Matías el gesto y le dijo que era un sol.

La piñata se terminó y nos dirigimos a nuestra casa, bañé a mis dos hijos, y me acosté con Matías para explicarle la propuesta de cambio de salón. Pero Matías se adelantó y me preguntó: "Mamá, ¿cómo es el cielo?". Le dije que el cielo era lo que a él más le gustara, aquello que lo hiciera más feliz, ese iba a ser su cielo. Me dijo que le gustaba ver las estrellas y nombrarlas; quería construir un telescopio para explorar las galaxias y todo lo que había en el espacio. "Sabes qué Matías: lo vas a lograr. Si de algo estoy segura en mi vida, es que llegarás hasta donde quieras", le dije. Su sonrisa me alegraba mis días, era la sonrisa contagiosa de un niño feliz, la que me mostraba que estaba siendo una buena madre para él. "Gracias por escogerme como tu hijo, mamá", me dijo. Quisiera que hubiera más libros que le enseñaran a los padres de familia cómo responder a esas preguntas tan trascendentales. "Gracias por escogerme como tu mamá, hijo", le dije subiendo a su nivel.

Durante las siguientes semanas, se hizo un plan para invitar a Matías a pasar la mitad del día escolar al salón de los niños más grandes; iba y venía entre salones siendo testigo de lo mejor de dos mundos. Le pregunté cómo se sentía, y me dijo que le gustaban las clases nuevas, pero extrañaba a sus amigos cuando estaba en el salón de niños grandes. Le dije que era su decisión si quería cambiarse un año más arriba. Después de varias cenas con Roberto y conmigo, decidió que sí quería hacerlo. Se hizo el cambio del año escolar en diciembre, y mi hijo estuvo listo para su nueva aventura. "Mamá me duele el estómago", me dijo un lunes en la mañana. Le preparé un té de manzanilla, y el dolor se le calmó. Le dije podíamos ir a ver al doctor en ese momento, pero él me pidió hacerlo en la tarde; apenas tenía tres meses el salón de niños grandes, y se iba a realizar la exposición del proyecto de cien días de escuela. Lo llevé al colegio y me bajé para ayudarlo a transportar su proyecto hasta la sala de exhibición donde estaban exponiendo todos los trabajos. Matías formó las iniciales de la escuela con unos legos. Desde bebé le gustaban los legos y ese día fue perfecto para hacérselo saber al mundo. Roberto y yo sólo lo supervisamos en la elaboración de su proyecto, asegurándonos que fueran cien piezas. Todo lo demás lo hizo él sólo con el alcance de las manos de un niño de cinco años, con un cerebro de grande y un corazón de gigante.

Cuando llegamos a la sala, vimos la magnificencia de algunos proyectos. Algunos tenían luces eléctricas, otros tenían dulces de colores acomodados con patrones. Matías volteó a verme tratando de encontrar una explicación a la diferencia entre los proyectos de sus amigos y su modesto proyecto. "Mira como brilla el proyecto de Marcelino", dijo un niño, señalando un proyecto digno de un arquitecto de primer mundo. Las voces iban y venían, las luces se intensificaban con la mezcla de colores, y mi hijo veía que sus manos sólo habían logrado organizar unas letras. Los niños hablaban con fascinación acerca de algunos trabajos y yo sentía que me ahogaba sin poder explicarle a mi hijo la diferencia en la elaboración.

De pronto llegó Alberto González, el hijo de mi amiga Estíbaliz Delgado y le dio un abrazo fuerte. "Siempre me ha gustado como acomodas los legos, Matías. Tu proyecto está increíble", y ambos saltaron abrazados, emocionados por el proyecto. Saqué mi teléfono tratando de controlar las lágrimas que me salían de la cara, les tomé una foto abrazados. Se las mandé a mi grupo de amigas, y le dije: "Miren quién llegó a felicitar a Matías por su proyecto".

Mis amigas nos felicitaron por el chat y le enseñé los mensajes a mi hijo. Con una energía renovada Matías explicó su proyecto a todos los presentes y felicitó a los demás niños por sus proyectos tan bonitos. "El próximo año lo haré mejor mamá, ya lo verás, hay muchas ideas que puedo hacer", me dijo. Si de algo estaba segura es ese cerebro de grande ya estaba poniéndole forma a su proyecto del próximo año, haciendo combinaciones, o pensando en nuevas formas de plasmar sus ideas.

Todo niño debería sentirse parte de una comunidad, toda mujer debería tener el derecho a ser parte de una tribu, y mi hijo y yo, ya éramos parte de dos comunidades gracias a su cerebro de niño grande y su enorme corazón.

En la noche, Matías se volvió a quejar del dolor de estómago y le dije que lo llevaría al doctor a primera hora. Le comenté a Roberto sobre el dolor intermitente, y me dijo que lo llevaríamos al doctor al siguiente día. Se despertó sintiéndose mejor, sin dolor alguno, pero lo llevé a consulta: "Es probable que tenga influenza. Voy a evitar hacerle la prueba porque hay falsos negativos", me dijo el doctor. Le recetó un antiviral y me dijo que sería mejor que se quedara a descansar en la casa. Matías se sentía bien en ratos y después me volvió a decir que le dolía el estómago. Le volví a hablar al doctor: "El dolor de estómago se hizo más fuerte, ¿qué hago doctor?". Mi voz empezó a mostrar desesperación. El doctor me dijo que lo llevara al hospital para hacerle otras pruebas. Agarré mi bolsa, lo subimos al carro, y le puse el cinturón de seguridad para llevarlo al hospital. El color de su piel cambió e hizo que me pusiera más nerviosa, se veía pálido. "¿Estás bien Matías?", le hice la pregunta dos veces; me contestó que estaba bien.

Roberto empezó a acelerar y me sostuve de la agarradera de la puerta de la camioneta. "¿Estás bien, hijo mío?", Matías cerró los ojos por un segundo y me dijo: "No". Traté de distraer a Matías platicándole de los planes de la próxima semana para su cumpleaños, pero la verdad es que estaba temblando de miedo.

Los rojos de los semáforos empezaron a atacarnos, yo sólo le pedí a Dios que nos permitiera avanzar con más semáforos verdes el resto del camino. Cuando llegamos a Urgencias en el Hospital, unas enfermeras empezaron a canalizarlo para ponerle un suero y me dijeron que el doctor iba a llegar en un instante. Julieta me dijo que tenía hambre, Roberto se sentó en la cama con Matías, le tomó la mano y le dijo: "Sé fuerte mi hijito, todo va a estar bien". Al sentir el calor de la mano de su mejor amigo, Matías se tranquilizó y dejó de sentir dolor; su cara de tranquilidad me dejó desconcertada. Se desvaneció. Roberto me gritó con desesperación: "¡Mónica, se nos va Matías!". Salí corriendo cuando sus ojos se cerraron y grité: "¡Mi hijo, mi hijo se me va!", las enfermeras y los doctores entraron corriendo al cuarto, y Roberto me abrazó tratándome de alejar de la cama donde estaba Matías. Todavía recuerdo las tonalidades amarillas que se veían alrededor, tan amarillas como el color de su cara, y como los colores amarillos del semáforo que dejamos atrás con la premura. La enfermera tomó el resucitador, y entre varias personas trataron de revivir a mi hijo. Quería correr a su lado, quería gritarle que le ordenara a su corazón de volviera a bombear sangre, pensaba que esto sería sólo una pesadilla, una en la que me iba a despertar, y mi familia estaría a mi lado sonriendo y diciéndole a mi hijo lo mucho que nos había asustado.

Es un niño de cinco años.

Con un corazón de un niño de cinco años.

Los corazones de los niños de cinco años no fallan.

El doctor se nos acercó, me tomó del brazo y me dijo que lo sentía mucho. ¿Qué sentía mucho? Volteé a verlo tratando de encontrar una respuesta a la nube de dudas que había a mi alrededor. ¿Por qué quitó esa máquina del pecho de mi hijo? ¿Por qué dejó de bombearle el corazón? ¿Por qué estaba apretando mi brazo, en lugar de apretar el botón de esa máquina? Los segundos empezaron a sentirse como una eternidad; era como si una bomba nuclear hubiera acabado con todo a mi alrededor, y me encontraba parada en medio de la destrucción sin saber a dónde ir, o para dónde caminar. Roberto gritó de dolor en la cama abrazando a Matías, sus gritos eran inmensos, escalofriantes, se oían hasta el lugar de destrucción masiva en la que yo estaba sola, sin saber que hacer.

"Ustedes no cometieron error alguno, ustedes hicieron lo que debieron haber hecho como padres", me dijo el hombre que estaba frente a mí. "¿Desean hacerle la autopsia para saber que pasó?", nos preguntó. El doctor habló en voz baja para evitar despertarme de mi trance. Desde mi vacío veía esa mancha azul, esa bata blanca que lo identificaba como médico y por lo tanto una persona creíble para pronunciar lo que acababa de decir. El tiempo empezó a caminar más lento, me refugié en el vacío, me enfoqué en seguir respirando, algunas veces mis respiraciones tomaron tres etapas para lograr que el oxígeno llegara a mi mente. Algunas veces mis ojos expulsaban agua salada para permitir al oxígeno que entrara a mi cuerpo.

Tomé mi teléfono y le hablé a mi familia. ¿Cómo podía explicar con palabras la muerte? Sentía que sólo pronunciarlo haría que fuera una realidad. ¿Y si sólo era una pesadilla? ¿Cómo le podía explicar al mundo que el doctor dejó de usar el aparato en el pecho de mi hijo? ¿Qué significaba que no había nada que hacer? ¿Cómo le podía explicar a las personas que mi hijo se empezó a enfriar, y dejó de respirar? "Matías se fue al cielo", fue lo más elaborado que mis labios salados lograron decir. Mis dedos lograron escribirlo para las tribus a las que pertenecía. Me refugié en el vacío que me permitía seguir respirando. Algunas caras conocidas empezaron a llegar al hospital, les salían las lágrimas de los ojos, pero yo seguía en ese lugar, lleno de destrucción y oscuridad, sola, sin mi sol.

Mi familia voló de Honduras para estar con nosotros. Mi mamá me convenció de entrar a la regadera para estar listos para el funeral. El lugar de destrucción en el que estaba carecía de regaderas, sólo había vacío. Le hice una trenza a mi cabello, lo cual me debió haber tomado más de una hora. Eran demasiados cabellos por arreglar y demasiada complejidad para una sola alma. ¿Y si hubiera llevado al doctor el primer día que le dolió el estómago? ¿Por qué me esperé al segundo día? ¿Y si Roberto se hubiera pasado ese rojo del semáforo, mi hijo estaría vivo y sonriendo?

Mis amigos y conocidos se acercaron para decirnos que lo sentían. ¿Realmente lo sentían? Dejé de ser esa mamá modelo que todas querían estar en su lugar, y empecé a ser la señora que les trasmitía sus más profundos miedos. De sólo observar mi cara empezaban a llorar. Oí a lo lejos a una señora decir: "¡Yo me muero si me pasara algo así!". Quise caminar, acercarme a ella y decirle: "¿Sabes que pasa en la vida real? No te mueres. Te quedas aquí, viviendo, respirando y tratando de lidiar con un mundo sin él". Pero el vacío me tenía atrapada en la nada y así permanecí durante todo su funeral. Esta vida no era salada, era agria, sin tener un solo toque de dulzura.

Roberto dijo unas palabras para las personas que nos acompañaron: "Mónica trajo a Matías al mundo cuando dio a luz, yo lo despedí para entregarlo de regreso a Dios al cielo". Oí el llanto de las personas a mi alrededor, pero estaba perdida en el dolor para seguir llorando.

La puerta de mi casa se abrió para recibir comida congelada con tarjetas de presentación de gente que nos conocía. El refrigerador estaba tan lleno y mi vida estaba tan vacía. Recosté mi cabeza en la cama, me di cuenta que la trenza estaba evitando que mi cabeza tocara la almohada y me la traté de deshacer. La trenza se resistía, y decidí aplicar más fuerza; iba a ser difícil que me dejara vencer por una interconexión de cabellos. Empecé a mostrarle quién mandaba, de un lado a otro. Fue cuando Roberto me abrazó y escuchó como mi dolor empezó a salir de mi garganta en forma de cascada. Escuchar mis gritos, me hacía gritar con más fuerza. Roberto les pidió a las personas que estaban en la puerta que se fueran, esto era algo entre él y yo. Se asustó tanto que me abrazó para evitar que me fuera de este mundo, quería mantenerme a su lado. Le pregunté con una voz que desconocía en mi: "¡No entiendo qué pasó, Roberto! ¿Qué más teníamos que hacer? ¿Por qué se fue? ¿Para qué se fue?", lo agarraba de los hombros tratándolo de sacudir para sacarle una respuesta. "¿Dime por favor cómo regreso a mi sol a esta vida? ¡Cómo lo regreso a iluminar mis días porque no puedo vivir en esta obscuridad, no puedo vivir en este vacío, no puedo seguir respirando sin él!". Roberto me abrazó fuerte para que mi corazón siguiera latiendo. ¿Y si hubiera abrazado a mi Matías con esa fuerza, su corazón hubiera seguido bombeando sangre? Hubiera preferido irme con él, para abrazarlo, besarlo, y decirle lo bien que se sentía estar a su lado.

La luz del día entraba por mi ventana y me daba cuenta que otra vez era lunes. Nuestros amigos y conocidos seguían llegando a nuestra casa para pasar tiempo con nosotros, pero yo me quedé en el vacío. Mi avatar bajaba del cuarto a contestar sus preguntas:

"Desconocemos qué fue lo que pasó". "Nosotros hicimos todo lo que debimos haber hecho". "Mi hijo se nos fue".

Mi avatar hablaba, mientras mi verdadero ser seguía perdido entre la destrucción y la nada.

Un domingo Julieta me acercó un dibujo que Matías me había hecho. Era una mona sonriente, con los brazos abiertos y un corazón tan grande como su pecho. Le dije a mi hija que era un mal momento, pero lo volvió a agarrar y me dijo: "De parte de Matías". Le sonreí, agarré el dibujo y le dije que Matías me lo dibujó el Día de las Madres. Parecía que me trataba de mandar un mensaje: tenía que conseguirme un corazón, porque el mío se había deshecho cuando se me fue, y tenía que volver a sonreír.

Esa conclusión me dolía, se sentía a traición al recuerdo de mi hijo, pero sentí que me estaba mostrando un camino. Un nuevo camino.

Me armé de valor, tomé mi bolsa de mano y llevé a Julieta a los columpios del parque. Le dije hincándome para verla a los ojos: "Julieta: Matías se fue al cielo a estar con los angelitos y estoy segura que tu hermano siempre estará en nuestros corazones. Ahorita mami está muy triste, pero voy a seguir siendo la mejor mamá que pueda para ti. Dejaré atrás al Avatar, saldré del vacío y esta familia volverá a tener una Mónica viviente". Mi hija de dos años me abrazó y me señaló el cielo.

Con una energía renovada corrió y se subió a un juego. Su risa me hizo sonreír, ese movimiento facial que parecía estar averiado en mi rostro. Un rayo de luz salió el cielo nublado, e hice un pacto con Dios: "Como humana es difícil entender por qué me hiciste pasar por eso Señor, sólo te pido una cosa: muéstrame que hay después de esta obscuridad. Ayúdame a lidiar con esta sombra de dolor para poder seguir viviendo. Necesito que Matías siga viviendo en mi corazón, pero necesito seguir viviendo para mi familia". El Señor guardó silencio.

Ese día mi batalla comenzó. Cada mañana me despierto con gritos o con agua salada cayendo por mi cara y tengo que tomar una decisión: empiezo a vivir mi día, o dejo que mi dolor me regrese al vacío. Sé que podía vivir mi vida entera con el piloto automático; dejar que mi avatar camine, actúe y trabaje por mí, mientras yo lidio con el dolor en ese lugar seguro y tranquilo. Pero eso sería una traición a lo que soy y sería una traición a Matías. Las miradas me siguen cuando estoy en el parque con Julieta, me imagino que se preguntan cómo puedo sonreír o estar estable, pero todo se remonta a una sola decisión: Vida o Vacío. La mayoría de mis días escojo Vida.

Hoy me senté en la banca que tenemos en el patio, después de darle de cenar y acompañar a Julieta para que se durmiera. Roberto se sentó a mi lado, y vimos el cielo hermoso y despejado. Hoy se cumplen cien días desde que mi Matías murió. "¿Qué hiciste hoy mi hijo en tu proyecto de cien días en el Cielo?", le dije. Las estrellas luminosas brillaban más que nunca. Estoy segura que Matías tiene algo que ver en eso. "¿Andas solucionando problemas en el Cielo, mi niño?".

No hubo respuesta. Pero sé que mientras yo siga eligiendo la vida, las respuestas llegarán a mí.

CAPÍTULO 15

ESTÍBALIZ

Todo a mi alrededor era acero inoxidable, un mundo paralelo. Se sentía un mundo frío y gris a pesar de olor a la comida. Había unos sartenes majestuosos colgando del techo; era una cocina que podía aparecer en las páginas de una revista de decoración a nivel mundial. Olía a frío, a pulcritud. Pensé en lo mucho que me gustaría tener una cocina tan hermosa en mi casa. Estaba poniéndole unas velas a un pastel de cumpleaños. "¿Estíbaliz?". Volteé a ver a mi amiga Emma, mientras su mirada me observaba con detenimiento. Se rió y me dijo, acercándose a mí: "Es la tercera vez que trato de llamar tu atención; has tratado de ponerle la vela al pastel desde hace cinco minutos". Volteé a ver la vela y le dije: "Perdóname Emma, he tenido una semana muy difícil. Se murió un amigo de mi hijo Alberto, un encanto de niño de cinco años de edad y todavía estoy en proceso de superarlo. Es muy difícil recuperarse de algo así". Emma me tomó del brazo de inmediato en señal de apoyo, se enteró del caso pero no sabía que eran nuestros amigos.

"Fue muy difícil explicarle a mi hijo sobre la muerte de Matías. Traté de ser fuerte y platiqué con él sobre lo que había sucedido. Me voy de viaje a Houston en dos días. Con este evento se abrió mi Caja de Pandora, y con ella, todos mis miedos salieron a atacarme" le dije.

Emma volteó a ver el pastel de su esposo, y me dijo que todavía teníamos unos minutos antes de la media noche. Yo continué: "Ningún padre debería de pasar por algo así Emma, tan sólo de pensar en la cara de Mónica, la mamá de Matías, me pongo a llorar". Emma me pasó una servilleta y me dijo que teníamos que vivir al máximo nuestras vidas; en cualquier momento nos podríamos topar con un momento donde todo cambia para siempre. Le di un abrazo y le agradecí sus palabras. Era hora de llevar el pastel al comedor y poner en pausa el dolor que estaba sintiendo en ese momento.

Las risas de todos nuestros amigos se podían oír hasta la cocina, Alberto sonreía pero le costaba mantener esa sonrisa en la mesa. El cumpleaños de Rogelio nos dio la oportunidad perfecta para juntarnos con ese grupo. "¡Happy Birthday to you!" le cantamos con el chachachá característico en México. Aplaudimos y Emma le dio un beso a su esposo y le dijo que se sentía feliz de estar a su lado después de tantos años de matrimonio. Rogelio sopló las velas y le deseamos una larga vida, llena de salud, en medio de muchos abrazos. Todos los miembros del grupo tenían por lo menos diez años más de edad. Los señores cursaron la maestría con Alberto hace muchos años, pero seguíamos siendo una tribu: un grupo de amigos sólido después de diez años de amistad. Alberto y yo decíamos que nos llevaban diez años de distancia, ellos ya tenían recorrido ese camino. Valoramos mucho sus consejos, escuchamos sus opiniones porque son gente auténtica que trata de hacernos pasar un buen rato, y nosotros hacemos lo mismo por ellos. Emma partió y repartió el pastel de pistache, le pedí que me sirviera una rebanada más grande. "El pastel de pistache es algo irresistible para mí", le dije. Nuestras amigas empezaron a discutir quién hacía el mejor pastel en la ciudad; había varias opiniones acerca de restaurantes y pastelerías. "Tiene que ver con el pistache caramelizado y con el betún blanco que lo adorna", dijo Emma.

"¿Les puedo servir un digestivo?", nos preguntó Rogelio. Yo le dije que era la conductora designada de la noche. Alberto sólo tomó agua, me dijo que el alcohol podía potencializar los efectos de tristeza que traía encima, se sentía cansado y me hizo una seña que significaba que era hora de irnos. Yo les comenté a todos los que estaban en la mesa: "Nos tenemos que retirar. Mañana nuestros hijos nos van a despertar temprano y tenemos que ir a trabajar". Nuestros amigos nos dijeron que siempre era lo mismo con nosotros, éramos los primeros en irnos de las reuniones. "Es la consecuencia de tener niños pequeños, se siguen levantando muy temprano y necesitamos estar cerca de ellos", les dije sonriendo. Era difícil pelear ese argumento, por lo que desistieron en hacer más comentarios. Nos despedimos y le dijimos a Rogelio lo importante que era su amistad para nosotros.

Al salir, le pedí a Alberto las llaves del carro para manejar de regreso, él estuvo de acuerdo porque se sentía cansado. Nos fuimos platicando acerca de lo bien que nos hizo estar unas horas con nuestros amigos. Nos estábamos ahogando con todo lo que habíamos vivido unos días atrás y ese grupo tenía poderes curativos sobre nosotros.

Cuando estábamos a unas cuadras de la colonia, vi cómo un carro alemán de reciente modelo se impactó contra una barda. Presioné el freno de mi carro con toda mi fuerza, me fijé si había alguien atrás de nosotros, pero estábamos solos en la calle. Alberto se asustó y me preguntó si alcanzaba a ver lo que había pasado, yo bajé el vidrio para intentar escuchar algo. Un adolescente se bajó del carro chocado, agarrándose el cabello y la adolescente rubia que iba en el asiento del pasajero se rió como si fuera un chiste. "Sólo le pegué un poco a la barda de esa casa y a mi carro", le dijo el adolescente a la mujer rubia.

Dos guardias de seguridad que estaban dentro de la casa se les acercaron, y les dijeron que le iban a hablar a la policía. "¿Cuánto por tu silencio, amigo?", le dijo el adolescente a uno de los guardias. "Puedo pagar por tu silencio y para que arregles esa barda, tengo suficiente dinero para arreglarlos a los dos", les dijo el adolescente sonriendo. La rubia continuó riéndose, se estaba burlando de los guardias.

"¿Como cuánto dinero tienes, amigo?", le dijo un guardia acercándose a él con pasos cautelosos, viéndolo con fascinación. El adolescente volteó a ver nuestro carro. Cuando vi su cara me di cuenta que yo conocía a ese muchacho. Abrí la puerta y me bajé corriendo hacia él. "Estíbaliz regresa al carro de inmediato", me gritó Alberto, pero yo seguí corriendo hasta que llegué al lado del adolescente.

"¿Marcos, Marcos Mendoza?" le pregunté asustada. Era el hijo de Helena Goertzen mi nueva amiga. Marcos apenas podía mantenerse de pié, estaba borracho, parecía que iba a perder el equilibrio. Volteó y me dijo: "Señora, buenas noches", parecía que su mente estaba tratando de procesar dónde me había visto. La rubia siguió riéndose y los guardias la contemplaron con una sonrisa escalofriante. Volteé y le dije en inglés: "¡Cierra la boca, niña estúpida!". La adolescente me volteó a ver y me dijo: "¡Por Dios, qué te hace pensar que no hablo español!". Parecía una modelo holandesa, era alta, tenía el cabello largo dorado, la piel rosa y unos ojos que parecían lilas. "Aviéntale unos billetes a estos asalariados y vámonos de aquí Marcos", le dijo la rubia. Volteé a ver al guardia y traté de suavizar lo que la niña imprudente había dicho: "Estos niños están alcoholizados, desconocen lo que están diciendo. Por favor dígame qué podemos hacer para solucionar este problema".

Alberto me agarró del brazo y me ordenó que regresara al carro. Salieron dos guardias más de la casa, Alberto me jaló hacia atrás y se acercó a hablar con ellos para tranquilizarlos. Los guardias tomaron las armas que traían en la cintura y yo caí en pánico. Me acordé de lo que me había dicho Emma cuando estuvimos en la cocina, el momento donde todo puede cambiar en la vida, pero ya estábamos involucrados en el problema, era muy tarde para irnos de ahí. Alberto movió los brazos hacia abajo para tranquilizar a todos, estaba tratando de ser cordial, pero los guardias estaban muy alterados. "Déjanos a la rubia, y se acaba el problema amigo", le dijo uno de los guardias a Alberto.

Marcos agarró a su amiga y la jaló hacia su lado, volteé a ver a Marcos y le dije: "¡Súbanse al carro y cierren la boca los dos por favor!". Se fueron a sentar en la parte de atrás de mi carro, la adolescente seguía burlándose y le preguntaba quienes éramos. Marcos le pidió que se callara. La rubia le dijo que podían robarse el carro para poder seguir con la fiesta, tenía suficientes botellas de alcohol en su casa.

Alberto continuó tratando de tranquilizar a los guardias, uno de ellos lo empujó con los dos brazos en el pecho y fue cuando me di cuenta que había sido un grave error haberme bajado del carro. Me quedé paralizada sin poder decir nada, quería sacar mi teléfono para hablarle a la policía o hablarle a Helena, pero mi cuerpo se desconectó de mi mente. Alberto continuó tratando de tranquilizarlos, diciéndoles que fue un accidente, que tenía que haber una forma de arreglarlo.

El dueño de la casa salió vestido en pijamas y preguntó qué estaba pasando. Alberto se le acercó, le enseñó su tarjeta de presentación y le pidió platicar con él para explicarle el problema; la plática con sus guardias de seguridad se había salido de control. El hombre les ordenó a los guardias que retrocedieran, y se me quedó viendo tratando de evaluar que hacía yo ahí, viéndolos, en medio de la calle. Estaba a unos metros de distancia pero podía oler su aliento alcohólico con el viento que soplaba hacia donde yo estaba.

Los guardias mantenían esa escalofriante cara de fascinación viendo hacia el carro donde estaba Marcos y la rubia. Alberto le explicó al señor que su barda estaba dañada, que se había tratado de un accidente causado por el alcohol y que se iba a encargar personalmente de regresar a los adolescentes a salvo a sus casas. Le dijo que el conductor del carro era el hijo de una amiga mía, por lo que le pedía que ahí acabara el problema. "Lo peor que puedes hacer es salvar a esos niños irresponsables de las consecuencias de sus actos. Espero que lo entiendas, Alberto", alargó el nombre de mi esposo tratando de expresar su molestia, observando su tarjeta de presentación. "Espero que mañana mandes a un contratista para que arreglen mi barda. Si no, ya sé cómo localizarte", le dijo agitando la tarjeta.

Alberto le dijo al hombre que se encargaría personalmente del asunto. Y que le agradecía haber salido en la madrugada para tranquilizar a todos. El hombre se mantuvo en silencio viendo con interés hacia nuestro carro.

Mi esposo se fue caminando hacia atrás, me tomó del brazo con la mano helada, y nos fuimos caminando hacia nuestro carro. Alberto le dijo a Marcos que le diera las llaves de su carro, mientras veía de reojo a los guardias que salieron de nueva cuenta de la casa. Sentía que el problema en el que estábamos inmersos podía volverse a complicar. Volteó a verme y me dijo: "El carro está chocado, necesitamos irnos de aquí. Ve a dejar a la niña a su casa. ¿Sabes dónde vive Marcos?". Yo le respondí que sí. Alberto me dijo que él iba a manejar el carro del adolescente, y que me veía en la casa de Helena.

"¡Todavía no acabamos la fiesta!", nos gritó la rubia riéndose. "Eres bienvenido si quieres celebrar con nosotros", le dijo a mi esposo, sonriéndole de forma descarada. Alberto se quedó viéndola por unos segundos sin expresión en la cara, jaló con fuerza a Marcos del brazo y se dirigieron a pasos acelerados rumbo al carro chocado. Yo prendí el carro, sentí que mi motor interno estaba a punto de salirse de control y le pregunté a la niña cómo se llamaba: "María Garza", me dijo viendo la ventana con desinterés. Se mantuvo en el asiento de atrás. "María, dime dónde vives por favor", me dio su dirección y empezó a cantar una canción. Vi cómo los guardias le tomaron una foto al carro de Marcos, Alberto arrancó mientras los guardias se nos quedaron viendo con esa mirada que me congelaba los huesos. La rubia siguió cantando, volteé a verla y le ordené que se callara. "¿Así es tu carácter? ¿Y el gordito te aguanta?", me dijo burlándose.

Perdí la razón, mi corazón estaba bombeando sangre con mayor fuerza, y el miedo se había apoderado de mí. Le respondí sacando a flote todos mis prejuicios: "Eres la pesadilla de cualquier madre hecha realidad". La niña sonrió y me dijo: "Si tan solo supiera quién es". Me mantuve controlando mis emociones, ella siguió cantando la canción. Cuando llegamos a su casa me ordenó con un tono altanero que le abriera la puerta, como si yo fuera su chofer. Me quedé paralizada del coraje, la rubia se me quedó viendo por el espejo retrovisor y me dijo antes de bajarse: "Marcos y yo apenas llevamos unas semanas saliendo juntos, y ya siento que es el hombre indicado para mí. Es tierno, diferente a todos los hombres que he conocido. Sabré lo que dices de mí, así que cuida lo que le vayas a decir a Helena. Quieres evitar meterte en problemas conmigo". Se bajó del carro y abrió el portón de su casa sin voltear atrás.

"¡Quiero hablar con tu mamá!", pude decir respondiendo a su amenaza y me bajé del carro con rapidez. Pero la adolescente ignoró mi petición, se metió a su casa cantando en voz alta y azotó el portón tan fuerte como pudo. Timbré en dos ocasiones pero nadie atendió la puerta. Eran las dos de la mañana, oí a un bebé llorar en la casa de enfrente, que seguramente se despertó con el ruido que causó el portón. Pensé en continuar tocando para que su mamá saliera y decirle el tipo de hija que tenía, pero mi molestia estaba evitando que me pudiera expresar con claridad. Iba a ocasionar que los vecinos se despertaran para ver qué estaba pasando, así que tomé una foto de su casa, activé el localizador de mi teléfono para que guardara la dirección y me dirigí a la casa de Marcos, como me lo había solicitado Alberto.

Durante el camino sentí que la piel se me estaba enfriando, algo interno me estaba apretando la garganta para evitar que pudiera respirar por la boca. Respiré tres veces jalando tanto aire como pude para poder seguir consciente, sentí la sensación de unas hormigas subiendo por mis brazos fríos; tuve que frotármelos en varias ocasiones para poder mantenerme alerta. Cuando llegué a casa de Helena me bajé del carro, me hice hacia adelante apoyándome en la ventana y respiré tan profundo como pude hasta que volví a ser yo misma. Sentí que la sombra del miedo me seguía, aun cuando estábamos lejos de esos guardias.

El portón estaba abierto, Helena abrió la puerta y me abrazó. Traía un modesto vestido negro, y el cabello hacia atrás. "Alberto está hablando con Marcos, por favor déjalo que termine, te lo suplico", me dijo con esa voz dulce característica en ella. Yo le dije que sí y me senté a su lado. Sentí que Helena estaba temblando, luego me di cuenta que la que estaba temblando era yo, mi corazón estaba procesando el comportamiento de esa niña y el peligro que vivimos esa noche. Helena me agarró del brazo y fue cuando se dio cuenta de la gravedad del accidente.

Un sentimiento de culpa me inundó cuando vi la sala perfecta, con muebles modernos y lámparas costosas sobre las mesas. ¿Hubiera sido diferente si ella y sus hijos siguieran viviendo en la casa de cuarentaiocho metros cuadrados? Mi pecho se hacía hacia adelante y hacia atrás como si tratara de escupir algo que le estaba causando daño. Helena me mantuvo abrazada hasta que el ataque de miedo se empezó a desvanecer.

Quince minutos mas tarde, Alberto salió de la cocina y se acercó a nosotros. "Fue un placer conocerte Helena, aunque sea en estas circunstancias. Nos tenemos que retirar. Estíbaliz hablará mañana contigo para contarte bien los detalles de lo qué pasó, y lo que hay que hacer con la barda que chocó Marcos". Helena lo abrazó y le dijo que le agradecía haber platicado con su hijo. "Es un buen muchacho. Le quedó claro que el volante y el alcohol no se pueden mezclar", le dijo Alberto.

Salimos de la casa de mi amiga y cuando nos subimos al carro, Alberto me gritó de una forma como nunca me había gritado en su vida: "¿En qué estabas pensando? ¿Tienes una idea de lo que nos pudo haber pasado? Eran guardias armados y ahora ese señor tiene mi tarjeta de presentación".

Empecé a llorar en el camino a la casa, por cada minuto de tristeza, por cada minuto de dolor, por cada minuto de frustración y por cada minuto de miedo. Sentí que una parte de mí salía con esas lágrimas. Mi corazón estaba destruido. Lloré como si una alergia me estuviera atacando, sin posibilidad de parar hasta que me tomara un antihistamínico.

Cuando llegamos a nuestra casa, me limpié las lágrimas de los ojos y entré al baño para lavarme la cara. Alberto le pagó a la nana y le agradeció haberse quedado con los niños. Cuando ella salió de mi casa, me fui al cuarto de mis hijos, me acosté con cuidado a un lado de mi hijo Alberto, cerré los ojos y lo abracé con toda mi fuerza. La empatía tiene un límite, persiste en el dolor y llega hasta donde empieza el daño, y yo estaba en el borde del precipicio. El abrazar a mi hijo Alberto empezó a moderar mis lágrimas hasta que mi almacén de tristeza se vació y el dolor dejó de brotar de mis ojos.

La sonrisa infantil de mi hijo de cinco años hizo que el miedo que se había apoderado de mí, me dejara de torturar y saliera de mi casa por la ventana a atacar a alguien más.

CAPÍTULO 16

ESTÍBALIZ

Mónica: Ya sabes que te quiero, y estoy contigo. Estoy fuera de Monterrey pero sigo al pendiente de cualquier cosa que necesites. Me puedo imaginar el dolor que estaba sintiendo por la muerte de su niño. Le escribí por chat en cuanto terminé la videoconferencia con Christina.

Mi hija me pidió que le comprara una caja con un ingrediente para hacer plastilina suave. Sus amigas le dijeron que había un detergente especial para hacerla, que se vendía sólo en Estados Unidos. Le contesté que cuando saliera de mi junta iba a ir al supermercado a comprarlo. ¿Puedes traer uno para mi amiga Sofía también mamá?, me dijo antes de colgar la llamada.

Bajé del carro y me dirigí a las oficinas de *Benjamín Peterson Capital* en Houston Texas. Mi semana había estado emocionalmente comprometida con la muerte de Matías, y el accidente de Marcos. Alberto y yo habíamos cerrado ese tema, aunque yo todavía tenía mucho que decir. Pero preferí respetar su forma de lidiar con nuestros problemas.

Recibí un correo electrónico de Benjamín diciendo: *La primera empresa en la que invertimos salió a cotizar hoy a la bolsa de valores en el Nasdaq, a través de una Oferta Pública Inicial.* Nos dijo que salió a cotizar a múltiplos más altos de los que habían calculado, por lo que era un motivo de celebración para ellos. El Director General de esa empresa comentó en varias entrevistas que agradecía a los inversionistas que habían creído en su proyecto cuando más necesitaba capital de trabajo. Esa inyección de capital hizo que su crecimiento fuera exponencial y ahora Benjamín tenía enormes recursos para seguir invirtiendo en otras empresas, después de lo que le pagaron por sus acciones en esa empresa.

Nos agradeció a todos los miembros del Consejo el trabajo que estábamos haciendo, y nos dijo que venían nuevas oportunidades de crecimiento. Fui invitada al evento que se realizó en Nueva York, pero necesitaba lidiar con los problemas de mi vida, antes de ir a aplaudir a algo en lo que no estuve involucrada.

Entré a las oficinas unos minutos antes de la hora a la que fui citada. Saludé a Candice y le dije: "Buenos días Candice. Te traje unas glorias, los dulces típicos del norte de México. Es leche quemada con nuez". Me cae esta mujer, siempre me hablaba por teléfono de forma pausada, y me repite varias veces las fechas y las horas en donde tengo que estar presente. Se me quedó viendo con desencanto y me contestó: "Soy diabética". Agarré los dulces y los volví a meter a la bolsa disculpándome por la equivocación. "En caso de que se los quieras regalar a Benjamín, necesitas saber que él también es diabético", me dijo. Le agradecí la información y seguí caminando.

Estaban celebrando dentro de la sala de juntas, con champaña y apenas era mediodía; saludé con un movimiento de cabeza a todos por sus nombres, como lo hacía cada vez que llegaba a sus juntas. Agarré mi copa y Benjamín brindó por los alcances que tendrían con los recursos que iban a entrar a la caja de la empresa. Hizo especial énfasis en Matthew, por haber insistido en invertir en esa empresa hace tres años. Era el verdadero arquitecto de la operación. Todos los asistentes le aplaudimos a Matthew, el cual agradeció las palabras de su padre. Comentó que había dos empresas que podían empezar a cotizar en la bolsa de valores en los siguientes tres años, en las cuales estaba invertido su capital.

"¡Vienen épocas de grandeza. Este país recuperará el lugar que ha perdido en el mundo, y esto es apenas el principio!", dijo Karl con la copa de champaña en la mano. Parecía que las burbujas se le habían subido a la cabeza. Un interruptor imaginario se encendió en mi pecho. Benjamín respondió con su típica voz ronca: "Creo que es momento de dejar la champaña, y ponernos a trabajar". Los hombres le dijeron que tenía que pronunciar unas palabras, pero Benjamín les dijo que prefería escuchar las nuestras, para eso estábamos ahí.

Cuando me senté en la silla, Karl se acercó a mí y me dijo: "Tienes suerte de pertenecer a este grupo de ganadores. Espero que estés agradecida por la oportunidad que te dimos". Le sonreí a Karl y a su cara de ganador, pero me quede callada. Un segundo interruptor se encendió en mi pecho, pero me mantuve en silencio. Cuando se dio cuenta que evadí contestar su comentario, insistió: "¿Cómo es ese dicho mexicano, Estíbaliz? El que con lobos se junta...", le respondí en automático sonriendo: "...termina asesinado en una boda roja".

Karl se me quedó viendo tratando de descifrar mi comentario, puso cara como si le hubiera respondido en náhuatl, se dio la vuelta y se fue a sentar a su asiento.

Benjamín sonrió con mi respuesta y nos dijo que quería escuchar lo que teníamos que decir acerca de las negociaciones que se iban a llevar a cabo con el Tratado de Libre Comercio de América del Norte. Los casos que íbamos a analizar estaban en función de las negociaciones en varios sectores. Algunos explicaron la importancia de la renegociación para que Estados Unidos saliera ganador. "Necesitamos revertir esta tendencia desfavorable, necesitamos enfocarnos en nuestro país y el crecimiento interno", dijo uno de ellos.

El tercer interruptor en mi pecho se encendió y le contesté en forma automática: "Lo mismo dijo Hugo Chávez". El hombre se me quedó viendo tratando de leer qué me hizo contestar de esa manera, pero sólo le sonreí. Otro de los miembros del Consejo dijo: "Veo muy favorable la negociación de las reglas de varios sectores de la economía. He visto muchas declaraciones al respecto en los medios de comunicación, era hora que alguien pusiera orden". Hizo énfasis en la palabra *muchas* como si fuera relevante, le sonreí y mi piloto automático contestó: "¿Quién va a poner orden?".

Los hombres se quedaron callados y les dije proyectando todas mis frustraciones en la mesa con una voz suave de melancolía: "¿Cuándo dejaron de escuchar al mundo y se perdieron en el pantano de la auto grandeza? ¿Desde cuándo ganar significa que el otro pierda, y si lo hacen en tono humillante se convierten en grandes ganadores?". Se escuchó una risa de burla, pero nadie se atrevió a hablar. Los ojos hipnóticos de Benjamín se fijaron en mí, pero estaba lejos de poderme detener en ese momento. "¿Cuándo empezaron a evaluar a sus gobernantes por cuántas veces aparecen en televisión, o qué tan polémico es lo que dicen, aún si lo que pronuncian va en contra de lo que representa este país? ¿Dónde están los resultados?".

Los hombres se rieron y Karl me dijo: "Era hora de hacer crecer este país, es probable que no lo entiendas pero...", una sensación de furia se escapó de mi pecho y les dije en voz alta: "¿Tienen que ver todo perdido para que se den cuenta? ¿Por qué piensan que el mundo trata de dañarlos? ¡Estamos tan conectados entre países, que si les va mal a ustedes, nos va mal a todos los demás! Son el corazón que bombea sangre a los demás órganos, si se paralizan, todos morimos. Y entiendan que el corazón no puede funcionar sin los demás órganos del cuerpo. Nosotros más que nadie queremos un Estados Unidos ganador. El mundo necesita un Estados Unidos ganador".

Pasé saliva, vi como todas las personas en la mesa se quedaron perplejos y nadie se atrevió a decir una palabra más. Me levanté con cautela, agarré mi bolsa y les dije que me disculparan, tenía que salir un momento de la sala de juntas. Ese lugar me estaba asfixiando y necesitaba respirar aire sin burbujas.

En cuanto cerré la puerta tras de mí, oí unas carcajadas y a varios de los hombres diciendo:

¡Viniendo de una mexicana!

¿Por qué tenemos que cubrir cuotas de minorías? Las cosas tienen que cambiar en este país.

¿Qué trató de decir con esos dichos tercermundistas de las bodas rojas? ¿Eso de los lobos tendrá que ver por la inseguridad que viven en México? Debe tener algún tipo de estrés post-traumático.

Seguro está en uno de sus días sangrientos.

O Hugo, Paco y Luis la despiertan en la noche, por eso trae ese mal humor. Debimos haber escogido a la candidata soltera, para evitar esa contingencia con los hijos.

Me despedí de Candice. Ella me preguntó si ya habíamos terminado, y le contesté que yo sí. Candice se levantó y me dijo con esa voz de general de las fuerzas armadas: "Tratar con hombres es una tarea difícil. Te lo puedo decir por experiencia", sus ojos trataban de decirme algo más, pero le sonreí y le dije que esta vez no se trataba de género, se trataba de distancia.

Me di la vuelta y me fui pensando en esas personas que estaban arriba de la montaña. Han estado tanto tiempo ahí, que la falta de oxígeno debió traer consecuencias. Hay suficiente espacio para todos en la cima; no hay necesidad de patear a todos los que se les estuvieran acercando. La frustración estaba marcando la velocidad de mis pasos al estacionamiento, tenía que hablarle a Alberto para decirle que había algo que no cuadraba en el mundo que estaba viviendo.

Justo cuando iba a abrir la puerta del carro rentado, escuché una voz que me preguntó: "¿En verdad compraste dos perras Chihuahua?".

Ya había vivido suficiente realidad durante el día, volteé a ver Matthew y me quedé observándolo en silencio. Él sonrió y le respondí: "No. Me desagradan las perras ruidosas. Tengo un gato persa, con cara de enojado, que vive con nosotros sin hacer ruido".

Matthew me preguntó cómo se llamaba el gato. Respiré alargando mi paciencia frente al hombre hostil con el que me había enfrentado en varias ocasiones, y le contesté que su nombre era Scooby. "¿Un nombre de perro para un gato? ¡Qué encantador!", me dijo burlándose.

Me le quedé viendo haciéndole saber que sus chistes estaban lejos de ser graciosos fuera de la sala de juntas. Matthew me sonrió y me dijo: "Varias veces tuvimos que adivinar qué estabas diciendo cuando hablabas, porque tienes un acento gracioso. Mi papá y yo tenemos un repertorio de tus frases mal pronunciadas, y tus frases bien elaboradas. Mis favoritas son las primeras, las segundas me causan conflicto. La mayoría de nosotros estamos en desacuerdo con lo que aportas, pero tienes voz y voto en esa mesa. Agarra tu bolsa, y regresa a la sala de juntas", me dijo señalando el edificio. Parecía una orden, más que una petición. Me quedé sin decir una palabra, seguí sosteniendo la manija de la puerta del carro. Matthew se acercó a mí, manteniendo una distancia de respeto: "Mi padre y yo nos negamos por mucho tiempo a invitar a una mujer a ser parte del Consejo. A nosotros se nos enseñó que la mujer tiene que cuidar a su familia y quedarse en su casa. Tomamos la decisión de escogerte yendo contra de nuestras propias creencias. Representas, en cierta forma, lo que se nos enseñó que era equivocado en una mujer. Pero con tu presencia supimos que para visualizar nuevos horizontes, teníamos que dejar de escuchar los ecos que producen nuestras propias voces".

Se mantuvo unos segundos en silencio y continuó: "Hoy vas a entrevistar a un hombre hindú, un genio de la tecnología y un buen candidato para que remplace a Frank en el Consejo. Tiene un acento muy fuerte, va a ser difícil que le entiendas. Pero puedes mover la cabeza de arriba a abajo de forma sutil, tal como lo hacías con nosotros en las primeras juntas, cuando no tenías idea de lo que estábamos diciendo. Es importante tener tolerancia a la gente que piensa diferente, y estoy aquí para pedirte que apliques ese consejo con nosotros; debe ser difícil cuando la mayoría de nosotros vivimos en un mundo que desconoces. El darte esa oportunidad te va abrir la puerta para entender las cosas que pasan en este país, y vas a poder tomar mejores decisiones, por ti, por Alberto y por tus hijos. Ahora regresa a la sala de juntas, antes de que le hable a *La Migra*", me dijo señalando al edificio.

Me reí de su última frase, me tardé unos segundos en soltar la manija, pero lo que había dicho parecía sincero. Sonreí y caminé a su lado rumbo al edificio. Le pregunté por qué conocía a Los Niños Héroes, me respondió que la señora salvadoreña que le ayuda en su casa le hacían bromas sobre su apariencia todos los días. Estimaba a Julia porque ya tenía muchos años trabajando para él. Era una mujer honrada pero muy burlona. Además Rita, una de sus amigas más cercanas, también era de origen mexicano. Le quería enseñar a hablar español, pero él le dijo que prefería hablar *americano*, el español estaba lejos de sus prioridades.

En el camino, Matthew me dijo que Alberto se quedó dormido en el yate varias veces, hasta que encontraron al Gran Marlín Azul. Se le quitó el cansancio cuando llegaron a la cena de tacos; probó todas las salsas que había llevado el chef y fue el único entre todos los invitados que pudo comer las salsas picosas. Todos los demás solo probaron la salsa de aguacate. Además me dijo que Alberto roncó tanto que lo podía oír a dos cuartos de distancia y no lo dejó dormir. Matthew le dio tanta cerveza como pudo para que pudiera descansar por la noche, pero la cerveza lo hizo roncar más. Matthew terminó tomándose todas las cervezas mexicanas para poder descansar en la última noche del viaje. Y lo logró.

Abrió la puerta de la oficina, e hizo una seña invitándome a que entrara por esa puerta que había cruzado tantas veces, pero esta vez tenía una sensación diferente: una sensación de pertenencia. Candice le sonrió mientras me abría la puerta de la Sala de Consejo.

Cuando la junta acabó y yo terminé de entrevistar al hombre hindú, Benjamín me acompañó a mi carro. Le comenté que me iba a ser imposible acompañarlos a la comida, dado que necesitaba regresar a mi casa por cuestiones familiares, en un vuelo anterior al que estaba programado. Benjamín me comentó que iba a empezar con un proceso de renovación del Consejo de forma paulatina. Algunos de los Consejeros actuales se iban a quedar como empleados de la compañía en puestos directivos, y me dijo que le gustaría que yo propusiera algún candidato que pudieran expandir su visión de las fronteras. "Evita recomendar alguien que piense como tú. Necesitamos nuevos alcances, seguro podrás reconocer quién se sale de tus convicciones y creencias. Necesitamos gente con opiniones que nos incomoden. El proceso va a tomar años, pero llegaremos al momento donde tendremos ojos para cada ángulo a nuestro alrededor, y no sólo ver nuestro reflejo en el espejo", me dijo con esa voz ronca. "Créeme cuando te digo que estoy en completo desacuerdo con lo que dices. Es por eso que tu presencia la consideramos tan valiosa".

Le sonreí.

Benjamín me preguntó qué opinión tenía de Chandraraj, el hombre hindú que había entrevistado. Le respondí que Chandraraj estaba convencido que el mundo nos vigila a través de nuestros celulares y me quiso instalar medidas de seguridad en mi teléfono. Me dijo que era necesario mantener nuestra identidad sin interferencias de otros países. "¿Le diste tu celular para que te instalara el software de protección?", me preguntó. Yo le contesté: "Soy mexicana, Benjamín, desconfío de todo. ¿Cómo sé que él no es el hacker?". Se quedó pensando unos segundos sin decir nada, era probable que Benjamín sí le hubiera dado su celular.

Le dije que iba a leer toda la información sobre Chandraraj y que le iba a mandar un correo con mi opinión. Entendí solo la mitad de lo que el hombre me dijo en la entrevista, así que tenía que leer el currículum. Se rió y me abrió la puerta. Me dijo que le saludara a Alberto y a los niños. Los nombró uno por uno, pronunciando sus nombres.

Me regresé en el avión pensando en todo lo que había vivido ese día. Sentía una ligera sensación de satisfacción y regresé a ser yo misma. Mi inicio con ellos había sido desalentador, pero creo que con el tiempo empezamos una relación laboral de respeto. Todos íbamos a ganar con nuestros choques de ideas.

Cuando regresé a mi casa, mis hijos estaban en el patio en pijamas. Salí con ellos, los abracé y les dije que los había extrañado. Alberto llegó a la casa unos minutos después, y me preguntó cómo me había ido. Yo le dije que había sido mi mejor intervención en sus juntas. Gabriel mi bebé me dio besos en la mejilla y me dijo que me quería mucho. Me gustan sus besos, trata de trasmitirme cuánto me quiere a través de esos besos.

Alberto me agarró de la cintura mientras vimos a nuestros hijos corriendo por el patio tras una pelota.

El camino se veía iluminado hacia adelante, la sombra que nos seguía era la tolerancia. Volteé a ver el atardecer. Cuando la luz está a punto de irse y la oscuridad está por empezar, es donde la sombra del Cerro tiene mayor longitud.

Me siento segura de vivir bajo esa sombra.

En memoria del solucionador de problemas.

El Cerro de Chipinque.

AGRADECIMIENTOS

Gracias a mis hijos, que son mi vida. Tuve que sacrificar muchas horas de sueño para poder escribir el libro y darles el tiempo que merecen.

Gracias a mi hija, la cual movió todas las fibras de mi ser cuando me dijo que me regalaba el Cerro de Chipinque de cumpleaños, porque era la M de mamá. Desde ese momento pasó a ser el Cerro más hermoso que hay en el mundo.

Gracias a mis padres y mis hermanas, por siempre estar a mi lado. En especial a mis padres por todo el empeño que ponen para pasar tiempo con sus nietos.

Gracias a José Ángel Cantú Guzmán por diseñar la portada del libro. Es una bendición tener una mente creativa y brillante que aterrice las ideas de las personas.

Gracias Joe Kita por el curso que me abrió un nuevo camino: las herramientas para poder escribir un libro.

Una mención especial para mi solucionador de problemas. Desde tu partida guapo, agarré el teclado de la computadora y pude volver a respirar cuando tenía cincuenta mil palabras escritas. Fuiste el detonador para este proyecto.

Gracias a mis amigas, porque sus palabras de aliento me animaron a publicar este libro. Las quiero con toda mi alma.

Gracias al Señor Todopoderoso. Hago mi mejor esfuerzo para vivir bajo su sombra. Gracias por cada lágrima y cada sonrisa por la que he pasado. Han sido muchas.

SOBRE LA AUTORA

Bajo la Sombra de la M, es la primera novela de Estíbaliz Delgado Amaya. La autora vive en San Pedro Garza García, Nuevo León, México, con su esposo y sus cuatro hijos.

Es Licenciada en Economía por el Instituto Tecnológico y de Estudios Superiores de Monterrey, Campus Monterrey (ITESM, Diciembre 1999). Tiene una Maestría en Dirección de Empresas por el Instituto Panamericano de Alta Dirección de Empresa en Monterrey, Nuevo León (IPADE, Agosto 2007). Ha trabajado por diecisiete años en el Sector Financiero Mexicano, especializada en operación de divisas, derivados y mercados bursátiles.

BIBLIOGRAFÍA

Libros:
Nasar, Silvia. *A Beautiful Mind: a Biography of John Forbes Nash, Jr. Winner of the Nobel Prize in Economics*. Simon & Schuster. 1998

Senge, Peter M. *La quinta disciplina: el arte y la práctica de la organización abierta al aprendizaje (Spanish Edition)*. Granica 1998

Biedrzycki, David. *Me and My Dragon: Scared of Halloween*. Charlesbrige. Watertown 2013.

Martin, George R. R. *Tormenta de espadas. Canción de Hielo y Fuego III*. Penguin Random House Grupo Editorial SA de CV 2015.

Sitios de internet:
http://tropicaldaily.com/mexico/richest-city-in-mexico-is-also-latin-americas-safest/
https://www.selectusa.gov/travel-tourism-and-hospitality-industry-united-states
https://en.wikipedia.org/wiki/Tourism_in_the_United_States

Capítulos de televisión:
Lost. Temporada 1. Productor ejecutivo: J.J Adams. Damon Liderlof. Bad Robot Productions. ABC. Buena Vista Television. Septiembre 2004, Estados Unido de América.
Terminator 2: Judgment Day. Director: James Cameron. Arnold Schwarzenegger. TriStar Pictures. Julio 3, 1991, Estados Unidos de América.
Heidi, Girl of the Alps. Director: Isao Takahata. Productor: Shigehito Takahashi. Zuiyo Eizo. Enero 6, 1974, Japón.